古典詩歌研究彙刊

第二一輯

龔鵬程 主編

第 12 冊

楊萬里《荊溪集》寫物研究

楊 孝 柔 著

國家圖書館出版品預行編目資料

楊萬里《荊溪集》寫物研究／楊孝柔 著 — 初版 — 新北市：
花木蘭文化出版社，2017〔民 106〕
目 2+156 面；17×24 公分
（古典詩歌研究彙刊 第二一輯；第 12 冊）
ISBN 978-986-404-873-1（精裝）
1.（宋）楊萬里 2. 宋詩 3. 詩評

820.91   106000434

ISBN-978-986-404-873-1

9 789864 048731

古典詩歌研究彙刊
第二一輯　第十二冊　　　　　　　ISBN：978-986-404-873-1

楊萬里《荊溪集》寫物研究

作　　　者　楊孝柔
主　　　編　龔鵬程
總 編 輯　杜潔祥
副總編輯　楊嘉樂
編　　　輯　許郁翎、王筑　美術編輯　陳逸婷
出　　　版　花木蘭文化出版社
社　　　長　高小娟
聯絡地址　235 新北市中和區中安街七二號十三樓
　　　　　　電話：02-2923-1455／傳真：02-2923-1452
網　　　址　http://www.huamulan.tw 信箱 hml810518@gmail.com
印　　　刷　普羅文化出版廣告事業
初　　　版　2017 年 3 月
全書字數　118934 字
定　　　價　第二一輯共 22 冊（精裝）新台幣 33,000 元

楊萬里《荊溪集》寫物研究

楊孝柔　著

作者簡介

楊孝柔，1977 年生，台北市人。

國立清華大學中國文學系碩士班畢業，現就讀於清華大學中國文學系博士班。

曾發表〈聖僧的闡衍——論《錢塘湖隱濟顛禪師語錄》之濟顛形象與文本結構〉（宗教與文學：神魔小說專題論文發表會，2008 年 1 月）與〈啊！跛足的聖人——哲學與現實人生〉（國立台灣大學進修推廣部哲學研習班，國立台灣大學進修推廣部官網，2006 年 9 月）等文。《楊萬里《荊溪集》寫物研究》為其碩士學位論文。

提　　要

《荊溪集》是楊萬里任官毗陵時所作，也是他辭謝前人不學，自出機杼的開端。較之先前的作品，《荊溪集》確實展現了與江西詩派渾大典正、瘦硬奇峭完全迥異的風格。楊萬里捨棄典故，以直白的口吻專注寫物，以活潑靈動的方式表現自然風物的各種姿態，然而這個變化的起因卻是來自楊萬里的創作困境。本文即從這個角度切入，追溯楊萬里的師承源流，找尋讓他陷入創作瓶頸的真正原因，解讀他如何從江西轉向晚唐，又從晚唐盡棄前學的過程，以釐清楊萬里「忽若有寤」的契機。《荊溪集》不但在創作數量上激增，在題材的選擇與詩風的表現上也與楊萬里過去作品有所不同。我們關注的重點，是楊萬里在《荊溪集》裡對物象的摹寫，探討他如何透過物與物的關係安排、捕捉動態，以擬人化的方式呈現物象的各種生命樣態，反映出他對人與物的獨特思考模式。《荊溪集》的創新，讓楊萬里渙然不覺作詩之難，但這樣的結果恐怕不單是誠齋個人的突破，事實上江西詩派內部正悄悄發生著變化，對此本文也將深入探索，理出江西詩派從陳師道到楊萬里的蛻變軌跡。《荊溪集》中的楊萬里日日遊賞寫物，很可能與他的理學背景有關。我們也將進一步討論楊萬里如何由學人入詩派，融會理學與詩學，在他的詩中展現生動活潑的面向，開創出「誠齋體」新鮮潑辣的創作風格。

目次

第一章　緒　論

　　自《詩經》以降，中國古典詩歷經了漢魏六朝與唐代的輝煌發展，到宋代進入了轉型期。宋代詩人在巨大「唐音」的籠罩下，試圖在主題、技法、語言等各個層面另闢蹊徑，終於開創出「宋調」的一番新天地。清人蔣士銓曾說：「唐宋皆偉人，各成一代詩。宋人生唐後，開闢真難為」〔註1〕，很能說明宋代詩人在詩歌創作方面所承受的壓力與勉力突破的掙扎。正因如此，我們很難以單一的概念來概括所有宋代詩人的多樣創作風格，特別是楊萬里，他少年出身江西詩派，後來卻居宋代詩史上江西與晚唐體接軌的重要位置，後世學人視他為「宋調轉型的代表」。〔註2〕「誠齋體」所呈現的風貌不但在宋代詩壇顯得獨樹一幟，更有別於古典詩抒情言志的傳統。楊萬里特出的創造力與個性化的風格，實為中國詩歌史開啟了嶄新的一頁。

第一節　研究動機

　　一般文學史最常將楊萬里放置在南宋中興四大家，與陸游、范成

〔註1〕蔣士銓，〈辨詩〉，邵海清、李夢生箋校，《忠雅堂集校》（上海：上海古籍出版社，1993年），卷13，頁986。

〔註2〕呂肖奐，〈論「誠齋體」及宋調轉型的特徵〉，《鄭州牧業工程高等專科學校學報》第22卷第4期（2002年11月），頁313。

大、尤袤並列。〔註3〕這樣的安排除了符合時代意義，也為了對比之前的江西詩派，將他們視為振興南宋詩壇的中流砥柱。然而四人的詩風各異，所關注的主題也大不相同，對於後起詩人的影響更是深淺不一，這些細微的線索很難在這類型的文學史上清楚呈顯，也容易陷讀者於進化文學史觀，忽略了文學有其內在的因果承繼關係。

而專論宋代的文學史，則留意到楊萬里在宋代詩壇的關鍵性位置。比方王水照主編的《宋代文學通論》，把尤、楊、范、陸皆歸於江西詩派，並指出：

> 他們在學江西詩法過程中，也從先輩那裡學到了糾正江西弊病的手段。……楊萬里和陸游都在乾道六年（1170）開始擺脫江西詩派影響，而探索各自的出路，這些出路也是呂本中、曾幾、陳與義探索的延伸。……對江西詩風的修正，楊、范、陸、尤比呂、曾、陳貢獻更大，他們的創新遠遠超過了他們的繼承。……江西詩派從初創到墨守再到修正，然後到大變，最能揭示文學自身的發展規律。〔註4〕

《宋代文學通論》認為，楊萬里等人承繼了自呂本中以來對江西詩派的修正風氣，引起了詩派本身的內部創新，這是從江西詩派的發展角度進行觀察。又如程千帆、吳新雷合著之《兩宋文學史》，於第七章第三節〈楊萬里的誠齋體〉末了表示：

> 楊氏在當時詩壇上的聲譽很高，有些人就仿照誠齋體作詩，……劉克莊認為他（楊萬里）發展了曾幾流轉圓美的詩法，特地編出《茶山、誠齋詩選》，以供世人學習。他推崇晚唐詩的論點，對永嘉四靈和江湖派都有影響，清代性靈派詩人袁枚也是服膺誠齋體的，所著《隨園詩話》卷八

〔註3〕比如葉慶炳，《中國文學史》（台北：台灣學生書局，1987年），下冊，頁141；劉大杰，《中國文學發展史》（台北：華正書局，1997年），頁720；章培恆、駱玉明主編，《中國文學史》（上海：復旦大學出版社，1997年），頁430；游國恩等主編，《中國文學史》（北京：人民文學出版社，2004年），頁96。

〔註4〕王水照編，《宋代文學通論》（高雄：高雄復文圖書出版社，2000年），頁127～129。

載，汪大紳曾指出袁詩「似楊誠齋」，袁氏表示首肯，……
可見其影響是不小的。〔註5〕

《兩宋文學史》的這番說明，著重在楊萬里影響之後的四靈、江湖派
以晚唐爲宗，甚至到清代的性靈派也受誠齋薰染。從上述的兩段引
文，我們可以看出楊萬里承先啓後的關鍵意義，也能察覺出他先學江
西，後推晚唐的立場變異。不過，楊萬里是如何調適江西與晚唐形同
對立的二者，發展出別具一格的「誠齋體」，以上兩部宋代文學史著
作均未見深入探討與說明。

　　不論是上述哪一種類型的文學史，論到楊萬里時，都不免提及他
在《荊溪集》自序學習與創作的歷程。近代最早對楊萬里詩風變化進
行全面性研究的錢鍾書先生，對於楊萬里棄江西而學晚唐，認爲他是
學膩了江西體，「按照鐘擺運動的規律，趨向於晚唐詩人。」〔註6〕
錢鍾書先生的看法基本上是正確的，但如果我們對其內涵意義不夠了
解，一時不察很可能以爲導致楊萬里面臨創作瓶頸的元兇就是江西詩
學。事實上，楊萬里並未眞正放棄江西詩派，在他的學習過程中，還
歷經了後山五字律、半山七字絕句，然後才學習晚唐。楊萬里對晚唐
的認知，有他的選擇動機與偏好，如果我們仔細推究，將會發現楊萬
里所學習的「晚唐」，並不盡然偏離江西詩派宗主黃庭堅對詩法的指
示。

　　然而學習晚唐終究未能使楊萬里從創作的困境中掙脫，反而讓
他感到「學之愈力，作之愈寡」，這又是爲什麼呢？文學史最爲津津
樂道的〈誠齋荊溪集序〉（以下簡稱〈荊溪集序〉），楊萬里嘗言戊戌
三朝，〔註7〕「忽若有寤」，從此盡棄前學，因而得以脫困於過去的

〔註5〕程千帆、吳新雷，《兩宋文學史》（高雄：麗文文化公司，1993年），
　　　　頁355。

〔註6〕錢鍾書選注，《宋詩選注》（北京：三聯書店，2002年），頁254。

〔註7〕周汝昌先生對「戊戌三朝」的注釋是：「『戊戌』，淳熙五年。『三朝』，
　　　　元旦，正月初一日。因爲它是『歲之朝、月之朝、日之朝』，故名三
　　　　朝，見《漢書・孔光傳》注。」見周汝昌選注，《楊萬里選集》（香港：

「軋軋」、「作詩之難」。他的「忽若有寤」，到底是什麼意思？自此以後，楊萬里每日午後遊園賞景，感到「萬象畢來，獻予詩材」，作詩手到擒來。任毗陵（今常州）郡守的一年又十一個月當中，楊萬里遊歷的範圍幾乎都在郡內，如此侷限的空間，如何提供他源源不絕的文思，讓他寫出近五百首的詩作？

翻開《荊溪集》，我們確實可以看到楊萬里不同於以往《江湖集》的創作表現。他像是寫日記，把每日所見寫成詩。如果我們把《荊溪集》詩按主題分類，可以看見他對同一主題不斷進行各種側寫。特別是對物的描摹，除了展現出與江西詩派用典使事的迥異風格，也不同於過去詠物詩託物言志的傳統──他只是專注地摹寫，像是「攝影之快鏡」。〔註8〕這是一種創作的練習嗎？還是楊萬里對物與人的關係有特殊的觀照？如果說《荊溪集》是楊萬里創作的轉捩點，那麼以上種種都值得我們深入思考，從中探索出一個詩人如何從創作的困境中尋找出路，最終自成一體，成為中國詩史中不可忽略的一筆。

第二節　前人研究回顧

對楊萬里詩的品評，在南宋已然有之。張鎡、姜特立、周必大、姜夔、樓鑰、項安世、葛天民等都有詩文稱美他；〔註9〕嚴羽《滄浪詩話‧詩體》「以人而論」，特別標列「誠齋體」，由是楊萬里的獨特風格獲得確立；劉克莊以呂本中、曾幾、楊萬里為江西宗派續脈，但又不得不承認誠齋詩風橫出江西的變異表現。〔註10〕到了元代，方回

中華書局香港分局，1972 年），頁 288。
〔註 8〕錢鍾書，《談藝錄》，增訂本（台北：書林出版社，1999 年），頁 118。
〔註 9〕詳見傅璇琮編，《古典文學研究資料彙編‧楊萬里范成大卷》（北京：中華書局，1964 年），頁 3～18。
〔註 10〕〔宋〕劉克莊〈題誠齋像二首〉其一云：「歐陽公屋畔人，呂東萊派外詩。海外咸推獨步，江西橫出一枝。」見劉克莊《後村先生大全集》（台北：藝文印書館，1975 年《四部叢刊》據上海商務印書館縮印宋刊本影印），卷 36，頁 307。又劉克莊〈茶山誠齋詩選序〉云：

《瀛奎律髓》選錄多首誠齋詩，分別進行評論；〔註11〕歐陽玄作〈羅舜美詩序〉，也注意到誠齋與江西詩派、黃庭堅在詩體承繼關係上的「小變」。〔註12〕明代詩壇興起尊唐抑宋之風，李東陽、胡應麟對楊萬里詩的細碎綺縟開始有了負面的評價。〔註13〕清代的朱彝尊、葉燮等人對誠齋也多所不滿，他們不欣賞的是其俚俗的風格；〔註14〕而提倡性靈的袁枚則獨排眾議，他反對滿腔書卷、講究聲律的詩，認為誠

「余既以呂紫微附宗派之後，或曰：派詩止此乎？余曰：非也。曾茶山，贛人，楊誠齋，吉人，皆中興大家數。比之禪學，山谷，初祖也；呂、曾，南北二宗也；誠齋稍後出，臨濟德山也。初祖而下止是言句，至棒喝出，尤徑捷矣，故又以二家續紫微之後。初，陸放翁學於茶山，而青於藍，徐淵子、高續古曾參誠齋，警句往往似之。湯季庸評陸、楊二公詩，謂誠齋得於天者，不可及。」見劉克莊《後村先生大全集》，卷97，頁844。

〔註11〕 方回對誠齋詩的評論，散見於《瀛奎律髓》各類中。見〔元〕方回選評，〔清〕紀昀批點，《紀批瀛奎律髓》（以下簡稱《瀛奎律髓》）（台北：佩文書局，1960年）。

〔註12〕 〔元〕歐陽玄〈羅舜美詩序〉云：「江西詩在宋東都時宗黃太史，號江西詩派，然不皆江西人也。南渡後，楊廷秀好為新體詩，學者亦宗之，雖楊宗少於黃，然詩亦小變。」歐陽玄於此序將同屬江西吉州人之楊廷秀（萬里）、劉會孟（辰翁）、羅舜美三人之詩相較，以彰顯羅舜美詩之「雅正」。見《圭齋文集》（台北：藝文印書館，1975年《四部叢刊》據上海商務印書館縮印宋刊本影印），卷8，頁53。

〔註13〕 〔明〕李東陽《麓堂詩話》云：「楊廷秀學李義山，更覺細碎。」見丁福保輯，《歷代詩話續編》（北京：中華書局，1983年），頁1386。〔明〕胡應麟云：「楊、范矯宋而為唐，舍其格而逐其詞，故綺縟閨閫而遠大夫。」見《詩藪·外編五》（台北：廣文書局，1973年《古今詩話續編》據國立中央圖書館藏明崇禎五年延陵吳國琦等重刊少室山房全集本影印），頁620。

〔註14〕 〔清〕朱彝尊〈葉李二使君合刻詩序〉云：「今之言詩者，每厭棄唐音，轉入宋人之流派，高者師法蘇、黃，下乃效及楊廷秀之體，叫囂以為奇，俚鄙以為正，譬之於樂，其變而不成方者與？」見《曝書亭集》（台北：藝文印書館，1975年《四部叢刊》據上海商務印書館縮印宋刊本影印），卷38，頁319。〔清〕葉燮《原詩·外篇》云：「宋人富於詩者，莫過於楊萬里、周必大，此兩人所作，幾無一首一句可采。」見霍松林校注，《原詩》（北京：人民文學出版社，2005年），頁68。

齋「天才清妙」、「瑕瑜不掩」，堪稱「一代作手」。〔註15〕清代文人也喜歡將楊萬里與其他詩人做比較，翁方綱比較楊萬里與范成大、姜夔，表示楊不及范、姜。〔註16〕李慈銘則認為誠齋「粗梗油滑，滿紙邨氣，似《擊壤》而乏理語，似江湖而乏秀語」。〔註17〕至乎清末，陳衍《石遺室詩話》由唐至宋觀其變化，表示楊萬里等宋代詩人是「岑、高、李、杜、韓、孟、劉、白之變化也」，〔註18〕他也在《宋詩精華錄》卷三列舉多首楊萬里詩，一一加以點評。綜觀由南宋到清末，詩壇對誠齋詩始終褒貶不一，這一方面與尊唐或宗宋之爭相關，然而誠齋詩風多變，難以清楚定位，也是讓他的評價難以論定的重要因素。

　　二十世紀初期學界對楊萬里的研究相對冷清，五○年代以前發表的論文不到十篇，關注的焦點也側重在白話的價值上。比如胡懷琛於上海《時事新報》副刊《學燈》所發表的〈中國古代的白話詩人〉有「楊誠齋的白話詩」一節，〔註19〕以及胡雲翼的《宋詩研究》，

〔註15〕〔清〕袁枚云：「汪大紳道余詩似楊誠齋。范瘦生大不服，來告余。余驚曰：『誠齋，一代作手，談何容易！後人嫌太雕刻，往往輕之。不知其天才清妙，絕類太白，瑕瑜不掩，正是此公真處。至其文章氣節，本傳具存：使我擬之，方且有愧。』」，見卡坎點校，《隨園詩話》（北京：人民文學出版社，1960 年），卷 8，頁 272。

〔註16〕〔清〕翁方綱云：「石湖、誠齋皆非高格，獨以同時筆墨皆極酣恣，故遂得抗顏與放翁並稱。而誠齋較之石湖，更有敢作敢為之色，頤指氣使，似乎無不如意，所以其名尤重。其實石湖雖只平淺，尚有近雅之處，不過體不高、神不遠耳。若誠齋以輕儇佻巧之音，作劍拔弩張之態，閱至十首以外，輒令人厭不欲觀，此真詩家之魔障。」又云：「姜白石《除夜自石湖歸苕溪》十絕句，極為誠齋所賞。然白石詩風致勝誠齋遠矣，誠齋顧以張功父比之耶？」見《石洲詩話》（台北：廣文書局，1971 年），卷 4，頁 181。

〔註17〕〔清〕李慈銘，《越縵堂日記》，光緒乙酉十月初四日，見傅璇琮編，《古典文學研究資料彙編·楊萬里范成大卷》，頁 98。

〔註18〕〔清〕陳衍，《石遺室詩話》（北京：人民文學出版社，2004 年），卷 1，頁 7。

〔註19〕胡懷琛，〈中國古代的白話詩人〉，上海《時事新報》，副刊《學燈》，1924 年 10 月 4 日。

〔註 20〕都把楊萬里視爲中國古代白話詩人的代表。五○年代到七○
年代進入了楊萬里研究的發展期，錢鍾書先生的《宋詩選注》（1958
年初版），對誠齋詩的轉變進行了較爲深入的分析，特別是論述楊萬
里與江西詩派之間的糾葛關係，向來是後學引用與探討的重要論
點。而周汝昌先生的《楊萬里選集》（1962 年初版），則是最早對楊
萬里詩文進行詳細注解的選集，對於我們了解誠齋詩實有助益。1964
年傅璇琮主編，北京中華書局出版的《古典文學研究資料彙編・楊
萬里范成大卷》，摘取了由南宋到清代詩壇對楊萬里的各種評論，提
供了查閱文獻資料的便利途徑。

　　八○年代開始，楊萬里研究轉趨熱絡，各類選集、專著、論文相
繼出版。1990 年周啓成著《楊萬里和誠齋體》，對楊萬里的生平與詩
文有概括性的介紹；1992 年王守國的《誠齋詩研究》，全面性研究楊
萬里的詩作。2002 年張瑞君《楊萬里評傳》，不但討論楊萬里的詩文，
也對他的哲學、政治、人格等作了比較完整的描寫。首篇研究楊萬里
的博士學位論文也於八○年代出版，這是 1982 年文化大學中國文學
研究所陳義成博士的《楊萬里研究》。自此之後，更多篇的碩、博士
論文先後產出，說明了楊萬里已然成爲學界關注的大家。

　　九○年代以前，學者已經開始注意到楊萬里的師承源流對其詩作
的影響。于北山〈試論楊萬里詩作的源流和影響〉〔註 21〕以及王守國
〈誠齋詩源流論略〉〔註 22〕，大範圍地論述了楊萬里與江西詩派、晚
唐詩的承繼關係。另外，王琦珍〈楊萬里與江西詩派關係摭議〉〔註
23〕與郭艷華〈論楊萬里對江西詩派內部「變調」理論的融通與超越〉，

〔註 20〕 胡雲翼，《宋詩研究》（四川：巴蜀書社，1993 年），頁 120。

〔註 21〕 于北山，〈試論楊萬里詩作的源流和影響〉，《南京師大學報》社會科
　　　　 學版 1979 年第 3 期，頁 68～73。

〔註 22〕 王守國，〈誠齋詩源流論略〉，《中州學刊》1988 年第 4 期，頁 90～
　　　　 93。

〔註 23〕 王琦珍，〈楊萬里與江西詩派關係摭議〉，《九江師專學報》1989 年第
　　　　 4 期，頁 1～6。

〔註24〕則著重在楊萬里如何出入江西詩派的表現。而崔霞、趙敏合作〈論楊萬里對晚唐詩的接受〉，〔註25〕為後學提供了從晚唐面向切入研究楊萬里的方式。

提到楊萬里與晚唐詩的關係，黃奕珍先生的《宋代詩學中的晚唐觀》解析了「晚唐」一詞在宋代的演變與其特殊的意涵。本書第三章特別指出楊萬里對「晚唐」的認知不同於宋代前輩所不滿的苦吟、多怨、氣弱格卑，誠齋重新定義下的晚唐詩，表現方式是含蓄不露又能委婉勸誡，形式則拘限於絕句一體。雖是如此，楊萬里又以「詩味」作為聯繫半山、晚唐與國風的依據，「可見楊萬里顯然指的是一超越詩體形式的風格或內涵」，〔註26〕這項觀點的提出非常值得重視，也提供我們檢視楊萬里從江西詩派轉向學習晚唐詩的重要線索。楊萬里詩風的轉變，也是研究者觀察的焦點，王琦珍〈論楊萬里詩風轉變的契機〉〔註27〕，表示南宋初期特定的社會形勢與文化環境影響了楊萬里的詩論主張與審美追求，而師法對象的改換，是導致其詩風轉變的重要契機。莫礪鋒先生〈論楊萬里詩風的轉變過程〉〔註28〕，從寫作年代、詩體選擇、題材取向、藝術手法等面向對楊萬里的各詩集進行分析，歸納出楊萬里詩風轉變的幾個重要階段，試圖抽絲剝繭，追索誠齋詩變化的軌跡。本文討論誠齋詩的變化歷程時，即是根據上述研究，重新思考錢鍾書先生的「鐘擺說」，以梳理楊萬里從江西到晚唐的改變。

〔註24〕郭艷華，〈論楊萬里對江西詩派內部「變調」理論的融通與超越〉，《井岡山學院學報》2008 年第 5 期，頁 19～22。

〔註25〕崔霞、趙敏，〈論楊萬里對晚唐詩的接受〉，《天中學刊》2004 年第 1 期，頁 83～86。

〔註26〕黃奕珍，《宋代詩學中的晚唐觀》（台北：文津出版社，1998 年），頁 168。

〔註27〕王琦珍，〈論楊萬里詩風轉變的契機〉，《江西社會科學》1989 年第 4 期，頁 88～93。

〔註28〕莫礪鋒，〈論楊萬里詩風的轉變過程〉，《求索》2001 年第 4 期，頁 105～110。

　　近年來學界對楊萬里詩學的研究也逐漸趨於細緻化，有的學者從思想出發，比如郭艷華〈「格物致知」對「誠齋體」詩學品格的影響探析〉〔註29〕與韓經太〈楊萬里出入理學的文學思想〉〔註30〕等，都是從理學角度來探討楊萬里的詩文。不過，理學的影響為何沒有讓楊萬里發展出像邵雍一般的「理學詩」？他又是如何融涉理學特質而表現出藝術的美感？這個部分實在值得進一步探究。

　　楊萬里自江西詩派「活法」所發展出的「透脫」概念，向來也是學者關心的重點，而這些論詩的語言實是取材自禪宗的術語。王琦珍〈論禪學對誠齋詩歌藝術的影響〉〔註31〕一文，不但摘出誠齋詩運用禪宗語的詩句，也十分清楚的說明了這些術語的典故與楊萬里選用的蘊含意義。這篇文章很能幫助我們重新審視楊萬里的詩學理念，了解他創作歷程的最終參悟。

　　以「味」論詩，古已有之，像是鍾嶸的「滋味」說與司空圖的「味外之味」，都是品評好詩的重要標準。楊萬里也常提到「味」，但他所指陳的「味」一方面源於古典詩教的溫婉諷刺，另一方面則是偏重在詩的審美感受上。這一點，王守國〈吟詠滋味　流于字句──誠齋詩味論探微〉〔註32〕一文中作了歷史的探討，但腳步停留在楊萬里詩論與《國風》、《小雅》的社會意義上，沒有注意到誠齋詩學觀念與其詩作實踐上的斷裂。另一方面，楊萬里對審美的強調，其實很可以與他的理學思想融合來看，反應在寫物詩上，表現出既新鮮活潑又詩意盎然的獨特風格。值得一提的是，日本學者淺見洋二〈論「拾得」詩歌

〔註29〕郭艷華，〈「格物致知」對「誠齋體」詩學品格的影響探析〉，《西北第二民族學院學報》哲學社會科學版 2005 年第 3 期，頁 74～78。

〔註30〕韓經太，〈楊萬里出入理學的文學思想〉，《社會科學戰線》1996 年第 2 期，頁 217～223。

〔註31〕王琦珍，〈論禪學對誠齋詩歌藝術的影響〉，《遼寧大學學報》哲學社會科學版 1992 年第 5 期，頁 3～7。

〔註32〕王守國，〈吟詠滋味　流于字句──誠齋詩味論探微〉，《殷都學刊》1993 年第 1 期，頁 45～48。

現象以及「詩本」、「詩料」、「詩材」問題──以楊萬里、陸游為中心〕〔註33〕一文，專從自然風物討論詩人與描寫對象的關係；小川環樹《論中國詩》第五章〈大自然對人類懷好意嗎？──宋詩的擬人法〉，當中以楊萬里的詩為例，指出「讀他的詩，令人不得不感覺到大自然總是對於人類抱有善意的那種心情，這仍然可以說是宋代詩人與唐代詩人的不同之處」，〔註34〕以上二者對於我們研究楊萬里「萬象畢來，獻予詩材」的詩意感發，提供了深層的思考方向。

　　針對詩的題材加以分類、進行研究，也是學界討論楊萬里詩的方法之一。像是林珍瑩的《楊萬里山水詩研究》、歐純純《陸游與楊萬里詠梅詩較析》、胡建升《楊萬里園林詩歌研究》〔註35〕等，就是從誠齋詩常見的幾種題材切入，探討楊萬里對自然風物的描寫。然而，誠齋寫物並不同於傳統詠物詩的表現，特別是《荊溪集》，內容很少託物言志抒情，但這樣的觀察尚未出現在依創作題材分析的研究中。此外，誠齋詩的語法、詩以外的詞賦作品、與楊萬里的理學專著《誠齋易傳》等，各層面的研究亦所在多有，我們可以從葉幫義〈20 世紀對陸游和楊萬里詩歌研究綜述〉〔註36〕，與肖瑞峰、彭庭松〈百年來楊萬里研究述評〉〔註37〕中獲得相關的訊息。

　　目前學界對楊萬里單一詩集的研究，僅見於 2007 年華南師範大學李海燕所撰寫的碩士論文《《南海集》與「誠齋體」的演變》，這顯示了對楊萬里個別詩集的研究已經起步，尚有偌大的空間需要填補。

〔註33〕淺見洋二著，金程宇、岡田千穗譯，《距離與想像──中國詩學的唐宋轉型》（上海：上海古籍出版社，2005 年），頁 434～464。

〔註34〕小川環樹著，譚汝謙、陳志誠、梁國豪譯，《論中國詩》（貴陽：貴州人民出版社，2009 年），頁 83。

〔註35〕胡建升，《楊萬里園林詩歌研究》，江西：南昌大學碩士論文，2005 年。

〔註36〕葉幫義，〈20 世紀對陸游和楊萬里詩歌研究綜述〉，《南京師範大學文學院學報》2004 年第 3 期，頁 130～139。

〔註37〕肖瑞峰、彭庭松，〈百年來楊萬里研究述評〉，《文學評論》2006 年第 4 期，頁 195～202。

誠齋存詩四千二百餘首，自編詩集有九部之多，而《荊溪集》又是他由模擬到創新的關鍵作品集，如果要瞭解楊萬里詩風的變化，甚至更進一步聯繫到宋代詩壇不同風格的更迭，《荊溪集》實在是值得我們深入探索的切入點。

第三節　研究範圍、研究方法與章節安排

本文論題訂爲「楊萬里《荊溪集》寫物研究」，在此先將題目作一說明：

楊萬里《荊溪集》，指的是淳熙四年（1177）三月至淳熙六年（1179）二月，楊萬里赴任途中與居官毗陵時期的作品。《荊溪集》是他自編、定名的詩集，收錄的詩作起於〈丁酉四月十日，之官毗陵，舟行阻風，宿櫩陂江口〉，迄於〈上印有日，代者未至〉。本文所引述的詩文，主要採用北京中華書局 2007 年出版，由辛更儒先生校訂的《楊萬里集箋校》。一方面此版本字體清晰，蒐錄楊萬里詩文作品較爲完整，方便我們進行文本考察；另一方面，辛更儒先生在人物源流、地理形勝、制度沿革、史實考辨上相當考究，很能反映詩文的創作背景，提供我們研究時必要的資據。本文主要討論之誠齋《荊溪集》，即收錄在《楊萬里集箋校》卷八至卷十二。

「寫物」一詞，見於《文心雕龍・明詩》：

> 宋初文詠，體有因革，莊老告退，而山水方滋，儷采百字之偶，爭價一句之奇，情必極貌以寫物，辭必窮力而追新，此近代之所競也。

清代黃叔琳引《南齊書・賈淵傳》注云：「屬文之道，事出神思，感召無象，變化不窮。俱五聲之音響，而出言異句；等萬物之情狀，而下筆殊形。」可見寫物最初重在以不同的形貌表現萬物的情狀。又，《文心雕龍・比興》云：

> 且何謂爲比？蓋寫物以附意，颺言以切事者也，故金錫以喻明德，珪璋以譬秀民，螟蛉以類教誨，蜩螗以寫號呼，

> 澣衣以擬心憂，席卷以方志固，凡斯切象，皆比義也。至
> 於麻衣如雪，兩驂如舞，若斯之類，皆比類者也。

「麻衣如雪，兩驂如舞」，是取事物以比形狀，尚屬寫物原始意義的
範圍；然而「金錫以喻明德」句等句則顯然超乎寫物最初的意涵。再
看鍾嶸《詩品·序》：

> 五言居文詞之要，是眾作之有滋味者也，故云會於流俗。
> 豈不以指事造形，窮情寫物，最為詳切者耶？故詩有三義
> 焉：一曰興，二曰比，三曰賦。文已盡而意有餘，興也；
> 因物喻志，比也；直書其事，寓言寫物，賦也。宏斯三義，
> 酌而用之，干之以風力，潤之以丹彩，使味之者無極，聞
> 之者動心，是詩之至也。若專用比興，患在意深，意深則
> 詞躓。若但用賦體，患在意浮，意浮則文散，嬉成流移，
> 文無止泊，有蕪漫之累矣。

照《詩品·序》的意思，以五言來寫物最能詳盡而貼切，可見切物是
鍾嶸對寫物的一大要求。正如他論〈宋參軍鮑照詩〉云：「其源出於
二張。善形狀寫物之詞，得景陽之諔詭，含茂先之靡縵」，我們看張
協〈雜詩十首〉、張華〈遊獵篇〉、鮑照〈登廬山〉，就能感受他們對
景物摹寫的深刻用功。雖然鍾嶸沒有說明何謂「寫物」，但他把「寫
物」置於「賦」，以區別物在賦、比、興三者間不同的比重，然後又
嫌單純寫物的賦過於散漫，表示「寫物」一詞對鍾嶸來說大抵也是描
摹物之情狀的意思。

　　本文對「寫物」的定義，限制在單純的意義上。事實上，傳統
詩歌的分類上並沒有「寫物詩」一類。與之相近的，應該是「詠物
詩」。以詠物論詩，始見鍾嶸《詩品》下品許瑤之條云：「許長於短
句詠物」，不過，鍾嶸並沒有說明何謂詠物。《文選》詩類未列詠物
一門，但序云：「若其紀一事，詠一物，風雲草木之興，魚蟲禽獸之
流，推而廣之，不可勝載矣」，把描寫風雲草木、魚蟲禽獸的詩，分
列在游覽、詠懷、贈答、樂府、雜詩等類型中。從《文選》的收詩
與分類來看，這些「詠一物」之詩主要是用以抒發情感，比方謝靈

運〈登池上樓〉、阮籍〈詠懷〉以景寓情，司馬彪〈贈山濤〉以梧桐樹自喻，陸機〈園葵詩〉以葵爲喻感謝成都王穎搭救之恩等，都是藉由物象來言志或抒情。詠物正式成爲詩的類型，要晚到明代瞿佑的一百篇《詠物詩》，其序云：「大抵詠物之作，拘於題則固執不通，有粘皮帶骨之陋；遠於題則空疏不切，有捕風繫影之失」，〔註38〕說明了詠物之道在於題目與內容要不即不離，這一點與「寫物」對切物的要求明顯不同。

　　成書於清康熙年間的《御定佩文齋詠物詩選》，是中國最大的詠物詩總集，全書收錄的詠物詩多達一萬四千五百九十首，以所詠之物分爲四百八十六類，從自然界的天文地理、動植物，到人文景觀的亭台樓閣、筆硯器物、仙道僧佛，無所不包，可謂廣義的詠物詩。康熙爲之序云：

> 即一物之情，而關乎忠孝之旨，繼自騷賦以來，未之有易也。此昔人詠物之詩所由作也歟。……名曰佩文齋詠物詩，蓋蒐采既多，義類咸備，又不僅如向者所云蟲魚鳥獸草木之屬而已也，若天經地志人事之可以物名者，罔弗列焉。於是鏤板行世，與天下學文之士共之，將使之由名物度數之中，求合乎溫柔敦厚之指，充詩之量如卜商氏之所言，而不負古聖諄復詁訓之心，其於詩教有禆益也夫。〔註39〕

以此觀念來蒐集詩作，是把詠物與傳統詩教的社會功能緊密結合。不過考察《佩文齋詠物詩選》所錄之詩，也非每一首詩都「合乎詩教溫柔敦厚之指」，因此，我們依然難以《佩文齋詠物詩選》作爲定義詠物詩的明確標準。倒是《四庫全書總目》卷一六八立有元代謝宗可「詠物詩一卷」，梳理了詠物意義的演變，可備一考：

〔註38〕〔明〕瞿佑，〈詠物詩序〉，《詠物詩》（台北：藝文印書館，1971年），頁1。

〔註39〕〔清〕康熙，〈御製佩文齋詠物詩選序〉，〔清〕張玉書、汪霦等奉敕編，《御定佩文齋詠物詩選》（台北：商務印書館，1983年景印文淵閣四庫全書），頁1。

昔屈原頌橘，荀況賦蠶，詠物之作，萌芽於是。然特賦家流耳。漢武之天馬，班固之白雉、寶鼎，亦皆因事抒文，非主於刻畫一物。其託物寄懷見於詩篇者，蔡邕詠庭前石榴，其始見也。沿及六朝，此風漸盛。王融、謝朓，至以唱和相高，而大致多主於隸事。唐宋兩朝，則作者蔚起，不可以屈指計矣。其特出者，杜甫之比興深微，蘇軾、黃庭堅之譬喻奇巧，皆挺出眾流。其餘則唐尚形容，宋參議論，而寄情寓諷，見側出於其中，其大較也。中閒如雍鷺鷥、崔鴛鴦、鄭鷓鴣，各以摹寫之工，得名當世。而宋代謝蝴蝶等，遂一題衍至百首，但以得句相誇，不必緣情而作。於是別岐爲詩家小品，而詠物之變極矣。〔註40〕

《四庫提要》追溯詠物詩的源流，表示「託物寄懷」、「寄情寓諷」、「非主於刻畫一物」是爲詠物詩的主流，而專著摹寫，非緣情而作之詩，則是詠物詩的歧出變格，只能視爲詩家小品。值得注意的是，《四庫提要》所舉「以一題衍百首」的「謝蝴蝶」，指的就是江西詩派的謝逸。《詩話總龜》云：「謝學士吟蝴蝶詩三百首，人呼爲謝蝴蝶，其間絕有佳句，如：『狂隨柳絮有時見，舞入梨花何處尋』，又曰：『江天春晚暖風細，相逐賣花人過橋』。」〔註41〕謝逸專注寫蝶的創作方式，可能對楊萬里也有啓發。然而《詩話總龜》所舉謝逸描寫蝴蝶的詩句，恐怕不如表面呈現的簡單，《後村詩話》云：「前輩詠蝶云：『狂隨柳絮有時見，舞入梨花無處尋』，乃脫換唐人白鷺詩：『立當青草人先見，行近白蓮魚未知』之句耳。」〔註42〕加上謝逸一些以「莊周夢蝶」爲典故的詩，可見他描寫蝴蝶其實並不脫江西詩法。

〔註40〕〔清〕紀昀等編撰，《四庫全書總目》（台北：藝文印書館，1979年），卷168，頁9。

〔註41〕〔宋〕阮閱，《詩話總龜》（北京：人民文學出版社，2006年），卷6，頁61。

〔註42〕〔宋〕劉克莊撰，王秀梅點校，《後村詩話》（北京：中華書局，1983年），後集，卷1，頁54。

同樣追溯詠物詩的源流，還有清人俞琰的《詠物詩選》。其序云：

> 凡詩之作，所以言志也。志之動由於物也。感於物而動，故形於言。言不足，故發為詩。詩也者，發於志而實感於物者也。詩感於物而其體物者，不可以不工。狀物者，不可以不切。於是有詠物一體，以窮物之情、盡物之態。……故詠物一體，三百導其源，六朝備其制，唐人擅其美，兩宋、元、明延其傳。其傳者，往往擬諸形容，象其物，宜不即不離，而繪聲繪影。學者讀之，可以恢擴性靈，發揮才調。〔註43〕

詩感物言志的觀念來自〈詩大序〉，此後《文心雕龍》、鍾嶸《詩品》，都是沿襲這條脈絡來論詩。循此，俞琰能把詠物詩上推至《詩經》，往下展演到元、明，但又不能忽略詠物詩尚有描摹物象窮情盡態的特色，因而在這篇序文中出現了「其體物者，不可以不工。狀物者，不可以不切」，與「象其物，宜不即不離」的矛盾論述。

從俞琰明白說出「詠物一體」，我們可以確定詠物詩在當時已然成為詩的類別之一，但其定義擺盪在狀物與言志之間，也顯示詠物詩尚未發展出明確的界定標準。不過，概觀歷來對詠物詩的討論，可以發現普遍對詠物詩的概念仍偏重在抒情言志的層面上，物只是詩人抒發情志的寄託。反而是「寫物」一詞，不但出現很早，而且在意義上比「詠物」顯得單純許多。楊萬里的詩，《佩文齋詠物詩選》與俞琰的《詠物詩選》都有蒐錄，仔細觀察，它們言志的色彩相當淺淡。此外，楊萬里論張鎡詩時，也曾運用「寫物」一詞：「〈詠金林禽花〉云：『梨花風骨杏花粧』，〈黃薔薇〉云：『已從槐借葉，更勝菊為裳』，寫物之工如此」。〔註44〕而他所撰之《荊溪集》，內容時常涉及自然風物，但卻很少以「詠」為名。因此，本文論題使用「寫物」來概括楊

〔註43〕〔清〕俞琰，〈詠物詩選序〉，易縉雲、孫奮揚註，《歷代詠物詩選》（台北：廣文書局，1968年），頁4。

〔註44〕〔宋〕楊萬里，《誠齋詩話》，見辛更儒箋校，《楊萬里集箋校》（北京：中華書局，2007年），卷114，頁4359。

萬里《荊溪集》對自然風景與動植物的各種摹寫，以凸顯他專注於
物，而非詠物抒情、託物言志的創作表現。

　　本文的研究方法，主要以楊萬里《荊溪集》詩的閱讀與分析為主，
其間並輔以《誠齋詩話》等詩論文章，企求佐證楊萬里在創作與審美
方面的追尋與表現。在風格的討論上，也會適度挑選相關詩人的作
品，以引證楊萬里詩作的承襲或變異之處。章節安排方面：第一章「緒
論」，說明研究動機，回顧前人研究並加以分析，提出過去學界所忽
略的地方，以及交代研究範圍、研究方法與各章節的內容概述。第二
章「誠齋詩之變化歷程」，探討楊萬里的師承及淵源，以及誠齋詩風
的變化，按照其詩集序文提供的學習歷程，從江西詩派、後山五字律、
半山七字絕句到晚唐詩，思考他如何出入江西詩派，以及他對黃庭堅
詩法可能的理解，冀盼沿波討源，追索楊萬里詩的演變軌跡，並且提
出《荊溪集》在誠齋詩中的關鍵性。第三、四章以《荊溪集》為中心，
分別就楊萬里的創作技法與詩學觀念，探討《荊溪集》在寫物方面的
特殊成就。第三章「《荊溪集》寫物技法」，從楊萬里《荊溪集》的創
作環境出發，討論他如何在詩中處理物與物的關係，表現出空間的概
念，並以動態展現自然物的生命樣態，進而針對物與物、人與物之間
的關係，發展出具有思辨色彩的詩篇。第四章「《荊溪集》寫物與誠
齋『活法』：詩學與理學的融涉」，推論江西詩派堆砌典故、忽略詩意
的僵化現象，不少江西詩人也有覺悟，但楊萬里的創新筆法，使得江
西詩派的內部產生變化。楊萬里的「活」，不只是詩法運用的靈活，
他日日向大自然取材，把動、植物擬人化，也可能與當時的理學觀物
思潮有關。第五章結論，總結本篇論文，一方面提出「《荊溪集》寫
物研究」的成果與貢獻，在於匯通楊萬里的學習歷程，追索出從江西
到晚唐，由創作困境到忽若有寤的轉變軌跡，以及《荊溪集》寫物表
現對誠齋詩乃至於中國傳統詩歌的價值與意義。另一方面，《荊溪集》
的研究在學界屬於起步階段，本文從寫物觀點出發，只是以管窺天。
特別是寫物與詠物的關係與差異，實為可以進一步研究的方向。

第二章 誠齋詩之變化歷程

　　《荆溪集》始作於淳熙四年（1177）夏，楊萬里當時已年過五旬了。在此之前很長一段時間裡，他的詩作是以江西詩派爲學習對象，直到三十六歲焚去江西舊詩之後，楊萬里轉益多師，甚至連黃庭堅所不滿的晚唐詩也是他師法標的。然而，在不斷學習前人的過程中，楊萬里逐漸感到創作產出的困難，他開始反省，企圖從創作的困境中解脫。

　　由於楊萬里〈誠齋荆溪集序〉與其學習歷程、創作突破和詩風變化牽涉甚深，因此不憚煩瑣，於此引錄全文：

　　　予之詩，始學江西諸君子，既又學後山五字律，既又學半山老人七字絕句，晚乃學絕句於唐人。學之愈力，作之愈寡。嘗與林謙之屢歎之，謙之云：「擇之之精，得之之艱，又欲作之之不寡乎？」予喟曰：「詩人蓋異病而同源也，獨於予哉？」故自淳熙丁酉之春，上暨壬午，止有詩五百八十二首，其寡蓋如此。其夏之官荆溪，既抵官下，閱訟牒，理邦賦，惟朱墨之爲親。詩意時日往來於予懷，欲作未暇也。戊戌三朝時節，賜告少公事。是日即作詩，忽若有寤。於是辭謝唐人，及王、陳、江西諸君子皆不敢學，而後欣如也。試令兒輩操筆，予口占數首，則瀏瀏焉，無復前日之軋軋矣。自此每過午，吏散庭空，即攜一便面，步後園，

登古城，採擷杞菊，攀翻花竹。萬象畢來，獻予詩材。蓋
麾之不去，前者未讎而後者已迫，渙然未覺作詩之難也，
蓋詩人之病去體將有日矣。方是時不惟未覺作詩之難，亦
未覺作州之難也。明年二月晦，代者至。予合符而去，試
彙其薰，凡十有四月，而得詩四百九十二首。予亦未敢出
以示人也，今年備官公府掾，故人鍾君將之自淮水移書於
予曰：「荊溪比易守，前日作州之無難者，今難十倍不啻，
子荊溪之詩未可以出歟？」予一笑，抄以寄之云。淳熙丁
未四月三日，廬陵楊萬里廷秀序。〔註1〕

楊萬里自述戊戌三朝，他「忽若有寤」，從此辭謝前學，每日過午遊
歷郡圃之中，把所見隨筆賦詩，「渙然未覺作詩之難」。那麼，楊萬里
果真頓悟了創作的奧秘？而往日所學，真是他創作的阻礙嗎？正式進
入《荊溪集》寫物的討論之前，讓我們回顧誠齋詩的學習歷程，從中
尋找其詩風演變的線索，並考察誠齋過去詩作，對比出《荊溪集》出
現的契機與它關鍵的意義。

第一節　誠齋詩的師承及淵源

　　楊萬里（1127～1206），字廷秀，吉州吉水（今江西省吉水縣）
人。父親楊芾（1096～1164）以教書為業，對《易經》頗有研究。《宋
元學案補遺》記載楊芾曾經指著家中數千卷的藏書對楊萬里說：「是
聖賢之心具焉，汝盍懋之」，〔註2〕可知父親不但是楊萬里的啟蒙之
師，也引導了他未來深研儒學的根本方向。此外，清代倪濤《六藝之
一錄》尚載有：「楊芾，字文卿，吉水人，廷秀父。詩句典實，可以
觀學問之富；字畫清壯，可以知氣節之高」，〔註3〕楊芾的精神人格與

〔註1〕楊萬里，〈誠齋荊溪集序〉，《楊萬里集箋校》，卷80，頁3260～3261。
〔註2〕〔清〕王梓材、馮雲濠撰，張壽鏞校補，《宋元學案補遺》（台北：世
　　　界書局，1962年），卷44，頁19。
〔註3〕〔清〕倪濤，《六藝之一錄》（台北：商務印書館，1983年景印文淵
　　　閣四庫全書），卷348，頁14。

文藝素養，自然也成爲楊萬里幼時學習的榜樣。

少年時期的楊萬里隨著父親宦學四方，十四歲時拜鄉先生高守道爲師，之後又受業於王庭珪、劉安世、劉廷直、劉才邵。〔註4〕楊萬里晚年爲先師劉才邵《杉溪集》作後序時回憶當時求學的經過云：

> 予生十有七年，始得進拜瀘溪（王庭珪）而師焉而問焉。
> 其所以告予者，太學犯禁之說也。後十年，又得進拜杉溪
> 而師焉而問焉。其所以告予者，亦太學犯禁之說也。〔註5〕

「太學犯禁之說」，指的是蘇軾、黃庭堅的作品。北宋黨爭，朝廷嚴令禁止傳授蘇、黃之學，然而禁令非但無法就此將之根絕，反而使二者的思想與文章形成一股強大的暗流，潛伏在當時的文壇之中。《風月堂詩話》就記載著「崇寧大觀間，海外詩盛行，後生不復有言歐公者。是時朝廷雖嘗禁止，賞錢增至八十萬，禁愈嚴而其傳愈多，往往以多相夸，士大夫不能誦坡詩者，便自覺氣索，而人或謂之不韻。」〔註6〕當時蘇、黃詩文之盛，由此可見一斑。王庭珪、劉才邵本身即是豪傑特立之士，早年遊太學時，就敢犯禁攜入坡、谷的詩文，他們不只吟哦，甚至加以習作。秦檜通敵叛國，胡銓上書乞斬不成，反被貶謫新州，王庭珪不懼強勢，公開賦詩爲他送行。師輩的錚錚鐵骨，在在影響著楊萬里的思想性格，也奠定其詩歌須與政治聯繫的詩學主張。

〔註4〕楊萬里，〈曾時仲母王氏墓志銘〉：「予爲童子時，從先君宦學四方。」見《楊萬里集箋校》，卷126，頁4889。〈贈高德順〉：「予年十有四，拜鄉先生高公守道爲師。」卷39，頁2042。〈送劉景明游長沙序〉：「始予生二十有一，自吉水而之安福，拜今雩都大夫公劉先生爲師。」卷77，頁3178。〈浩齋記〉：「某自少懵學，先奉直令求師於安福，拜清純先生劉公爲師。而盧溪王先生及浩齋先生，俱以國士知我，浩齋又館我。每出而問業於清純，入而聽誨於浩齋。」卷73，頁3055。盧溪王先生即王庭珪，清純先生即劉安世，浩齋即劉廷直，杉溪即劉才邵。

〔註5〕楊萬里，〈杉溪集後序〉，《楊萬里集箋校》，卷83，頁3350。

〔註6〕〔宋〕朱弁，《風月堂詩話》（台北：廣文書局，1973年），卷上，頁20。

　　紹興二十四年（1154）楊萬里進士及第。二十九年由贛州司戶調任永州零陵（今湖南零陵）縣丞。其時，主戰派領袖張浚（1097～1164）正謫居永州。楊萬里慕其風範，在浚之子張栻的引薦下，得以造訪。張浚是理學家程頤的再傳弟子，《宋史》記載他「學邃於《易》，有《易解》及《雜說》十卷，《書》、《詩》、《禮》、《春秋》、《中庸》亦各有解」。〔註7〕這次會面，張浚告誡楊萬里為人當以鄒至完、陳瑩中等氣節志士為楷模，並以誠意正心之學勉勵他。〔註8〕對此，楊萬里曾喟歎：「夫與天地相似者，非誠矣乎？公以是期吾，吾其敢不力」，〔註9〕於是自號「誠齋」，且不負張浚所望，終身屬清直之操。這段忘年之交，令楊萬里深深懷念。張浚過世後，楊萬里想起當時會面的情景，仍感如沐春風，作詩云：

　　　　浯溪見了紫巖回，獨笑春風儘放懷。謾向世人談昨夢，便
　　　　來喚我作誠齋。〔註10〕

張浚之子張栻（南軒，1133～1180）是當時著名的思想家，事師胡五峰，與朱熹時有往來。楊萬里於零陵任官時，與他成為莫逆。張栻的思想理禪兼具，對楊萬里造成了相當的影響。楊萬里登第後，回想過去為應考而作的場屋之文，曾深自反省道：「時方味詔言，吾乃得志，得毋以諂求合乎？」〔註11〕對於科舉媚俗之作，張栻也相當不以為然，他詰問原本欲學宏詞科的楊萬里云：「此何足習？盍相與趨聖門德行科乎？」對張栻而言，學習的目的在於提升道德修為，如果把博

〔註7〕〔元〕脫脫等撰，《宋史》（台北：鼎文書局，1980年），卷361，頁11311。

〔註8〕〔宋〕羅大經云：「楊誠齋為零陵丞，以弟子禮謁張魏公。時公以遷謫故，杜門謝客。南軒為之介紹，數月乃得見。因跪請教，公曰：『元符貴人，腰金紆紫者何限，惟鄒至完、陳瑩中姓名與日月爭光。』誠齋得此語，終身屬清直之操。」見《鶴林玉露》（北京：中華書局，1983年），卷之一甲編，頁14。

〔註9〕〔宋〕胡銓，〈誠齋記〉，《胡澹菴先生文集》（台北：漢華出版社，1970年據國立臺灣大學藏清道光重刊本影印），卷18，頁885。

〔註10〕楊萬里，〈幽居三咏‧誠齋〉，《楊萬里集箋校》，卷7，頁402。

〔註11〕胡銓，〈誠齋記〉，頁884。

學宏詞當成做學問的重心，實在是捨本逐末。張栻所言令楊萬里大悟，《鶴林玉露》記載誠齋從此不再在詞章上頭鑽研學習，而改作批評時政的論文〈千慮策〉。〔註12〕

　　事實上，楊萬里對國事始終抱持著關心的態度。除了曾經拜謁抗金名將張浚，當日力主斬秦檜的忠義之士胡銓也是他的師友。他在〈跋張魏公答忠簡胡公書十二紙〉回憶道：

> 紹興季年，紫巖謫居於永，澹庵謫居於衡，二先生皆年六十矣。此書還往，無一語不相勉以天人之學，無一念不相憂以國家之慮也。萬里時丞零陵，一日並得二師。〔註13〕

所謂「天人之學」，指的是儒家內聖的功夫。張浚誠意正心之教誨，正是傳授楊萬里內聖的修養觀念。胡銓為楊萬里的書齋「誠齋」作記，勉勵他為人處事要真正以「誠」，千萬不能竊其名而實不至，這也是內聖功夫的指導。宋儒以內聖修其身，一旦進居廟堂，則能「發天人之學以致君」〔註14〕。即使謫居，張浚、胡銓仍不忘以道德修養互勉，心中時時刻刻掛念著國家興亡，都讓楊萬里留下深刻的印象。多年之後，楊萬里躋身官場，看遍仕途炎涼，當胡銓掛冠求去，他為這位「以道德文學師表一世」的良師益友賦詩曰：

> 高臥崖州二十年，黑頭去國白頭還。身居紫禁鶯花裏，心在青原水石間。

> 願挽天河洗北夷，老臣底用紫荷為？丹心一寸凌霜雪，祇有隆興聖主知。〔註15〕

〔註12〕羅大經云：「楊誠齋初欲習宏詞科，南軒曰：『此何足習，盍相與趨聖門德行科乎？』誠齋大悟，不復習，作〈千慮策〉，論詞科可罷曰：『孟獻子有友五人，孟子已忘其三。周室班爵之籍，孟子已不能道其詳，孟子亦安能中今之詞科哉！』」見《鶴林玉露》，卷之三甲編，頁47。

〔註13〕楊萬里，〈跋張魏公答忠簡胡公書十二紙〉，《楊萬里集箋校》，卷100，頁3820。

〔註14〕楊萬里，〈回陳德卿縣尉啟〉，《楊萬里集箋校》，卷50，頁2423。

〔註15〕楊萬里，〈跋澹庵先生辭工部侍郎答詔不允〉，《楊萬里集箋校》，卷31，頁1622。

與當朝戀棧權勢之徒不同，胡銓的心境並未因身居要職而沾染了名利的塵埃，他始終保持著在野時的澹泊態度。縱然年事已高，但仍如伏櫪老驥，胸懷收復北方故土的豪情壯志。張浚、胡銓高風亮節的人格情操，與憂國憂民的精神態度，令楊萬里衷心欽佩，他們的仁義風範，一直深深影響著楊萬里的政治性格。

楊萬里對政治的關心，同時也表現在他的詩學態度上。他研究六經，提出「《詩》也者，矯天下之具也」的看法，其〈詩論〉云：

> 蓋聖人將有以矯天下，必先有以約天下之至情。得其至情而隨以矯之，安得不從？蓋天下之至情，矯生於媿，媿生於眾。媿非議則安，議非眾則私。安則不媿其媿，私則反議其議。聖人不使天下不媿其媿，反議其議也。於是舉眾以議之，舉議以媿之，則天下之不善者，不得不媿。媿斯矯，矯斯復，復斯善矣。此《詩》之教也。〔註16〕

楊萬里認為，《詩經》代表了輿論的力量，他認為「夫人之為不善，非不自知也，而自赦也，自赦而後自肆。自赦而天下不赦也，則其肆必收。」輿論的壓力，能約束、抑制人的惡行，使不善的人心生愧疚，進而矯正過錯，趨向良善。其實〈詩論〉所闡述的正是〈詩大序〉的詩教觀念，不同的是，傳統詩教偏重在「上以風化下」的功能意義，詩的作用在「經夫婦，成孝敬，厚人倫，美教化，移風俗」；楊萬里則是著眼於詩的諷議功能，是〈詩大序〉「下以風刺上，主文而譎諫，言之者無罪，聞之者足以戒」的進一步申論。楊萬里對詩學的思考，回應著早年王庭珪對他的教導。《誠齋詩話》記錄了兩首王庭珪的詩：

> 一封朝上九重關，是日清都虎豹閑。百辟動容觀奏議，幾人回首愧朝班？名高北斗星辰上，身落南州瘴海間。不待百年公議定，漢庭行召賈生還。
>
> 大廈元非一木支，要將獨力挂傾危。癡兒不了公家事，男

〔註16〕楊萬里，〈詩論〉，《楊萬里集箋校》，卷84，頁3372。

子要爲天下奇。當日奸諛皆膽落，平生忠義祇心知。端能
飽喫新州飯，在處江山足護持。〔註17〕

這兩首詩，正是當日胡銓被貶新州，王庭珪爲之送行時所賦。第一首
詩大膽指出朝庭小人當道，忠臣陷落的險惡情況，然後以漢文帝聽取
老臣讒言驅逐賈誼，後又召回重用的典故，鼓勵胡銓只要堅持不放
棄，國家與個人總有撥雲見日的一天。第二首詩王庭珪明言國家正處
在危急存亡之秋，不是這批當權的「癡兒」所能夠扶危濟傾，他再次
期勉胡銓自我保重，因爲只有忠義之士才有能力護持大宋江山。楊萬
里自幼在父親與師長仁義教育的薰陶下，也立志要有一番作爲。他曾
回憶少年時在寒雨之夜挑燈讀書，縱使「蟲語一燈寂，鬼啼萬山哀」，
〔註18〕但他依舊「壯心滴不灰」。《誠齋詩話》記下了王庭珪這兩首言
詞犀利而切中時弊的詩，不但表達了他對先師的欽佩，也證明這樣的
詩對楊萬里具有相當深刻的意義。

　　不只是直言敢諫的精神，王庭珪以蘇、黃之詩爲教材，對於後來
楊萬里的詩學觀念，以及創作風格的變化，著實產生了重大的影響。
宋室南渡之前，詩壇對蘇、黃的推崇已臻高峰，惠洪曾說：「東坡句
法補造化，山谷筆力江倒流」，〔註19〕呂本中也云：「讀《莊子》令人
意寬思大敢作，讀《左傳》使人入法度，不敢容易。此二書不敢偏廢
也。近時讀東坡、魯直詩，亦類此」，〔註20〕蘇、黃詩不但讓大家爭
相傳誦，也掀起一陣學習的風潮。宋・吳坰《五總志》謂：「山谷老
人自丱角能詩……至中年以後，句律超妙入神，於詩人有開闢之功。
始受知于東坡先生，而名達夷夏，遂有蘇黃之稱。坡雖喜出我門下，
然胸中似不能平也。故後之學者，因生分別，師坡者萃于浙右，師谷

〔註17〕楊萬里，《誠齋詩話》，《楊萬里集箋校》，卷114，頁4364。
〔註18〕楊萬里，〈夜雨〉，《楊萬里集箋校》，卷10，頁544。
〔註19〕〔宋〕釋惠洪，〈鄭南壽攜詩見過次韻謝之〉，《石門文字禪》（台北：
　　　　藝文印書館，1971年），卷7，頁15。
〔註20〕〔宋〕呂本中，《童蒙詩訓》，第21條「蘇黃詩不可偏廢」，見郭紹
　　　　虞編，《宋詩話輯佚》（台北：華正書局，1981年），頁592。

者萃于江左」，吳坰所謂蘇、黃彼此有競爭意味的說法不盡可信，但東坡、山谷後來分別成為各派師法對象的情形卻是事實。東坡詩波瀾浩大、變化莫測，非一般人所能望其項背；而山谷詩風格一致，句法嚴謹，「用工尤為深刻」，〔註21〕加上他又有許多討論作詩方法的文字流傳下來，提供了後學便於學習仿效的途徑，因此「其後法席盛行，海內稱為江西宗派」。南渡之後，以黃庭堅為始祖的江西詩派流傳甚廣，對當時詩壇的影響頗大。

　　楊萬里的老師王庭珪也相當讚許山谷詩。他論到當時詩壇的流行風潮時云：

> 近時學詩者悉棄去唐五代以來詩人繩尺，謂之江西社，往往失故步者有之。魯直之詩，雖間出險絕句，而法度森嚴，辛造平淡，學者罕能到。傳法者必於心地，法門有見乃可參焉。〔註22〕

王庭珪認為，山谷詩最特出之處，在於他一方面能謹守詩法規矩，一方面又能保持詩的格調平淡。然而後學往往只知學習表面的規矩法度，不知道深層的平淡才是山谷詩學的核心根本。他曾作〈贈別黃超然〉詩云：「誰作江西宗派詩，如今傳法不傳衣」，〔註23〕所謂「傳法」，是指傳承法脈；「傳衣」，即以金襴大衣為法衣，係表示傳法之信。〔註24〕王庭珪此言似乎暗批江西詩人看似傳承了黃庭堅之衣缽，但實際上並沒有領會山谷詩之精髓。江西詩社揚棄唐五代詩，

〔註21〕〔宋〕嚴羽著，郭紹虞校釋，《滄浪詩話校釋》（北京：人民文學出版社，1983年），頁26。

〔註22〕〔宋〕王庭珪，〈跋劉伯山詩〉，《盧溪文集》（台北：商務印書館，1983年景印文淵閣四庫全書），卷48，頁6。

〔註23〕王庭珪，〈贈別黃超然〉：「我生不識黃太史，猶及諸老談遺事。藍田生玉海生珠，謂君眉目無乃似。誰作江西宗派詩，如今傳法不傳衣。句中有眼出月脇，密付嫡孫人未知。宗風後必喧人口，雲夢更須吞八九。他年拈此一瓣香，獅子窟中獅子吼。」見《盧溪文集》，卷1，頁6。

〔註24〕釋慈怡主編，《佛光大辭典》（北京：書目文獻，1989年據台灣佛光山出版社1989年6月第5版影印），頁5389。

然後以黃庭堅的詩法為新的詩人繩尺，還是只學了皮毛而已，是故王庭珪直接以山谷詩為教材，希望藉此能真正讓學詩者了解並掌握到詩的內涵與本質。

其實黃庭堅只是視詩法為作詩的入門而已，並不是治學最終的目標。他在〈答洪駒父書〉中說：「文章最為儒者末事，然索學之又不可不知其曲折，幸熟思之。至於推之使高，如泰山之崇崛，如垂天之雲；作之使雄壯，如滄江八月之濤，海運吞舟之魚，又不可守繩墨令儉陋也」，〔註25〕泰山、雲彩、江濤、大魚的高壯，都是成於自然，詩文創作想要造語雄奇，雖有法度可循，但須運用得當、不露痕跡才是上乘。他誇讚陶淵明詩是「不煩繩削而自合」，〔註26〕又推舉杜甫夔州詩「便得句法簡易而大巧出焉，平淡而山高水深，似欲不可企及，文章成就，更無斧鑿痕，乃為佳耳」。〔註27〕也就是說，鑿空強作、有意為詩在黃庭堅看來都不是正確的創作態度，真正的好詩應當要「待境而生」。〔註28〕正如他在〈大雅堂記〉所言：「子美詩妙處，乃在無意於文。夫無意而意已至，非廣之以〈國風〉、〈雅〉、〈頌〉，深之以〈離騷〉、〈九歌〉，安能咀嚼其意味，闖然入其門耶？」善陳時事，句律精深，直筆不恕，慨然有忠義之氣，使杜詩在宋代被推崇為「詩史」。黃庭堅多次表達對杜甫的欽佩，實因杜詩反映了安史之亂以來時局的動盪混亂，承繼了《詩經》、《楚辭》的諷喻精神，寓褒貶於史筆。黃庭堅曾說：「文章功用不經世，何異絲窠綴露珠」，〔註29〕強調創作必須具有經世濟民的功能；他又主張詩文都應以「理」為

〔註25〕〔宋〕黃庭堅，〈答洪駒父書〉，《山谷集》（台北：商務印書館，1983年），卷19，頁22。

〔註26〕黃庭堅，〈題意可詩後〉，《山谷集》，卷26，頁9。

〔註27〕黃庭堅，〈與王觀復書〉，《山谷集》，卷19，頁18。

〔註28〕〔宋〕魏慶之，《詩人玉屑》（台北：世界書局，1966年），卷5，頁119。

〔註29〕黃庭堅，〈戲呈孔毅父〉，《山谷詩集注》（上海：上海古籍出版社，2003年），卷6，頁143。

主，「理得而辭順，文章自然出群拔萃」，〔註30〕在在顯示了黃庭堅並非奢談句法、專重形式，他的詩學觀念，可說與中唐以來儒家文道合一的觀念並不衝突。

但是江西詩派的詩人們似乎曲解了黃庭堅的本意，他們在詩法上講究，把黃庭堅的「奪胎換骨」、「點鐵成金」當作金科玉律，不停在創作形式與技法上字斟句酌。學習江西詩派的楊萬里，也走上了鉤章棘句的歧途，因而留下「露窠蛛邲緯，風語燕懷春」〔註31〕、「立岸風大壯，還舟燈小明」等怪怪奇奇的文句。然而對詩法太過著力，往往會阻礙詩興的揮灑，這樣的難題，已經形成部分江西詩人創作的困境。傳說陳師道「平時出行，覺有詩思，便急歸擁被，臥而思之，呻吟如病者，或累日而後成」，〔註32〕黃庭堅一句「閉門覓句陳無己」，成為後山苦吟的刻板印象。與山谷、後山同為江西詩派之宗的陳與義，也注意到詩法對詩興的阻礙，〈春日〉詩云：「朝來庭樹有鳴禽，紅綠扶春上遠林。忽有好詩生眼底，安排句法已難尋」，〔註33〕〈題酒務壁〉亦云：「鶯聲時節改，杏葉雨氣新。佳句忽墜前，追摹已難真」，〔註34〕各種機緣的遇合使得詩人眼前誕生了一幅難得的美景，也激發了他的靈感，「陽春召我以煙景，大塊假我以文章」，整個自然景象已提供創作的材料，但詩人卻困於詩法，無法掌握稍縱即逝的瞬間感受。楊萬里在〈和蕭伯振見贈〉詩中，也提到了詩法的窒礙：

愁裏真成日似年，懶邊覓句此何緣？雨荒山谷江西社，苔臥曹瞞臺底甎。頓有珠璣開病眼，旋生羽翼欲俱仙。車斜

〔註30〕黃庭堅，〈與王觀復書〉，頁17。

〔註31〕楊萬里，〈誠齋江湖集序〉，《楊萬里集箋校》，卷80，頁3257。

〔註32〕〔宋〕朱熹撰，〔宋〕黎靖德編，《朱子語類》（京都：中文出版社，1984年據日本內閣文庫藏覆成化本，並修補國立中央圖書館藏明成化九年江西藩司覆刻本及宋咸淳六年導江黎氏本縮印），卷140，頁1483。

〔註33〕〔宋〕陳與義，〈春日〉，《陳與義集》（台北：頂淵文化，2004年），卷10，頁159。

〔註34〕陳與義，〈題酒務壁〉，《陳與義集》，卷13，頁207。

　　韻險難爲繼，聊復酹公莫浪傳。〔註35〕

這首詩裡，楊萬里的「愁」來自對創作的自我要求。他尋尋覓覓，想要在遣詞構句上力求表現，創造出像山谷、曹操一樣高古的格調。〔註36〕縱使偶然能寫出合意的句子，使他獲得創作的成就感，但句句要合乎規矩法度誠屬不易。如此用力爲詩，處處設限，終究干擾了整體的詩興，無法順暢完成創作。

　　即使楊萬里以焚盡自己的舊詩作爲棄學江西的宣示，但江西詩派對他的影響並未中斷，在《江湖集》裡還能不時見到他爲覓句而愁苦。王庭珪認爲，楊萬里還是在字句上營生。〈次韻楊廷秀求近詩〉詩云：

　　聞説學詩如學仙，怪來詩思渺無邊。自憐猶裹癡人骨，豈意妄得麻姑鞭。〔註37〕

詩的起首，取材自陳師道「學詩如學仙，時至骨自換」，《漫齋語錄》對此的闡釋是：「學詩須是熟看古人詩，求其用心處，蓋一語一句不苟作也。如此看了，須是自家下筆要追及之，不問追及與不及，但只是當如此學，久之自有箇道理」，〔註38〕其實這正是黃庭堅所謂「作文字須摹古人」，以不斷學習古人的詩文作品來累積殷實的學養。不過，作詩有杜子美改罷長吟一字不苟，也有李太白一斗百篇援筆立成，豈是單單師法古人，就能保證人人可成李、杜？在這裡，王庭珪提出了創作的重要因素：「詩思」。詩思來去無蹤，偶然而至，非強求可得。準確掌握住靈感湧現的刹那，及時下筆，創作就能手到擒來。

〔註35〕楊萬里，〈和蕭伯振見贈〉，《楊萬里集箋校》，卷 2，頁 133。

〔註36〕〔梁〕鍾嶸，《詩品》，卷下，「魏武帝　魏明帝」條云：「曹公古直，甚有悲涼之句。」見何文煥輯，《歷代詩話》（北京：中華書局，1981年），頁 17。

〔註37〕王庭珪，〈次韻楊廷秀求近詩〉：「聞説學詩如學仙，怪來詩思渺無邊。自憐猶裹癡人骨，豈意妄得麻姑鞭。曾似千軍初入陣，清於三峽夜流泉。只今老鈍無新語，楓落吳江恐誤傳。」見《盧溪文集》，卷 17，頁 2。

〔註38〕〔宋〕何谿汶撰，常振國、絳雲點校，《竹莊詩話》（北京：中華書局，1984 年），卷 1「講論」，頁 1。

　　詩思如此得來不易，如果礙於詩法，而讓詩思從眼前溜走，那眞會令人搥胸頓足。不過，王庭珪並非全盤否定學習古人的觀念，只是他認爲「君子之學，當明道德、通經義，自然學成而名顯於時，不必務爲雄侈奇怪之文」，〔註 39〕後學之人最應當學習的是古人詩文的精神內涵，而不是仿效古人的語法來創作以求聲名遠播。「錦繡詩成出肺腸」，王庭珪的概念，正回應了黃庭堅「理得而辭順，文章自然出群拔萃」的詩學主張。同樣的，楊萬里放棄了科舉場屋之文轉而學習江西詩派，又因學習江西詩派而面臨創作瓶頸時，他再一次的反思：一味模仿前人，「是得毋類韓子所謂俳優者之辭耶？」〔註 40〕紹興三十二年（1162）七月，他焚去了自己江西體的詩作，轉向學習晚唐詩人。

　　關於楊萬里棄江西而學晚唐，錢鍾書先生認爲他是學膩了江西體，「按照鐘擺運動的規律，趨向於晚唐詩人」。〔註 41〕但是我們考察誠齋詩，與其詩集序文、《誠齋詩話》等詩論文獻，發現實際情形可能要比錢氏所言來得複雜。首先，錢氏把江西詩與晚唐詩視爲兩種截然對立的風格表現，因而假設兩者各據鐘擺兩端的論點，來自黃庭堅對學晚唐詩的看法：

　　　　學老杜詩，所謂「刻鵠不成尚類鶩」也；學晚唐諸人詩，所
　　　　謂「作法於涼，其敝猶貪；作法於貪，敝將若何」！〔註 42〕
究竟晚唐詩的缺失爲何，黃庭堅沒有明確論述。黃奕珍先生認爲：「山谷對學習此二者的評語，後面皆隱藏著原出處即昭示著的層級。」〔註43〕「刻鵠不成尚類鶩」，出自《後漢書・馬援傳》，與此相對的是爲人熟知的「畫虎不成反類狗」；「作法於涼，其敝猶貪；作法於貪，敝將若何」則是出自《左傳・昭公四年》，渾罕告誡鄭子產君子以涼薄

〔註 39〕王庭珪，〈送劉君鼎序〉，《盧溪文集》，卷 36，頁 5。
〔註 40〕胡銓，〈誠齋記〉，頁 885。
〔註 41〕錢鍾書，《宋詩選注》，頁 254。
〔註 42〕魏慶之，《詩人玉屑》，卷 5 引黃魯直〈與趙伯充書〉，頁 115。
〔註 43〕黃奕珍，《宋代詩學中的晚唐觀》，頁 117。

為法，將招致貪得無饜之弊，但若以貪求為法，後果實在不堪設想。
也就是說，在黃庭堅看來，晚唐詩較老杜詩層級低下，黃奕珍先生即
表示：「黃庭堅言下之意，便是說若以晚唐為學習的對象，結果是非
但無法達到晚唐詩的境地，反而會每下愈況，終至不可收拾。」〔註
44〕因此他鼓勵學老杜，反對學晚唐。此外，按照劉克莊的理解，晚
唐詩的特徵是「稍束起書帙，划去繁縟，趨於切近」，〔註 45〕或是如
楊慎所說「又忌用事，謂之點鬼簿。惟搜眼前景而深刻思之」，〔註 46〕
恰恰與江西詩派「渾大典正」，〔註 47〕「無一字無來歷」的祖宗家法
大相逕庭，這或許也是黃庭堅不願後學學習晚唐詩的原因之一。不
過，在楊萬里看來，晚唐詩最有「三百篇之遺味」，〔註 48〕且三百篇
也是黃庭堅極力推崇的創作精神根源。楊萬里曾云：

> 唐人未有不能詩者，能之矣，亦未有不工者，至李杜極矣。
> 後有作者，蔑以加矣。而晚唐諸子雖乏二子之雄渾，然好色
> 而不淫，怨誹而不亂，猶有《國風》、《小雅》之遺音。〔註49〕

縱使晚唐詩人不可與李白、杜甫相比擬，但晚唐詩溫柔婉約的內涵，
深深吸引著楊萬里。他在《誠齋詩話》裡引述並評論道：「太史公曰：
『《國風》好色而不淫，《小雅》怨誹而不亂』，《左氏傳》曰：『春秋
之稱，微而顯，志而晦，婉而成章，盡而不汙。』此《詩》與《春秋》
紀事之妙也」，晏叔原、劉長卿、李義山的詩句正符合溫婉的詩教精
神。〔註 50〕他不只一次把晚唐詩人的作品地位提升到與《國風》、《小
雅》一般，特別是對「寄到玉關應萬里，戍人猶在玉關西」與「羌笛

〔註44〕同前註。
〔註45〕劉克莊，〈韓隱君詩序〉，《后村先生大全集》，卷96，頁 829。
〔註46〕〔明〕楊慎，《升菴詩話》，卷 11「晚唐兩詩派」，見丁福保輯，《歷代詩話續編》，頁 851。
〔註47〕方回，〈跋遂初尤先生尚書詩〉，《桐江集》（台北：藝文印書館，1971年），卷 3，頁 28。
〔註48〕楊萬里，〈頤庵詩集序〉，《楊萬里集箋校》，卷 83，頁 3332。
〔註49〕楊萬里，〈周子益訓蒙省題詩序〉，《楊萬里集箋校》，卷 83，頁 3337。
〔註50〕楊萬里，《誠齋詩話》，《楊萬里集箋校》，卷 114，頁 4353。

何須怨楊柳，春光不度玉門關」兩聯，表示了高度讚賞，在《誠齋詩話》與〈頤庵詩集序〉裡一再引用。不過，楊萬里對「晚唐」的認定頗耐人尋味。首先，他忽略了以郊、島的苦吟寒蹇為主要風格的傳統晚唐概念，而以委婉諷刺，反映時代的詩來充實「晚唐」的內容，把晚唐詩的定義從對自身的感慨放大為對大環境的關注。其次，楊萬里對晚唐詩的選擇，並未遵循實際的歷史時間，而是以內容能表現唐末社會離亂情形的詩為模範。正如上述的兩聯句子，前者實為賀鑄的詞〈搗練子〉，後者為王之渙的〈涼州詞〉，它們既非創作於晚唐時代，也不是嚴格意義上的詩，然而楊萬里卻將它們視為瑰寶，與三百篇並陳，誠齋企欲突破傳統詩學限制，轉而講求詩味之心，隱然可見。

楊萬里認為好的作品應該是「句中池有草，子外目俱蒿」，[註51]在優美的文詞表層之下蘊含著豐富而深刻的時代意義。他自己也曾創作這樣的作品：

玉堂著句轉春風，諸老從前亦寓忠。誰為君王供帖子，丁寧綺語不須工。[註52]

宋代有制，立春日翰林詞臣要為皇家撰寫「春帖子」以供張貼。春帖子形式短小，內容也多半在歌詠景物之美。據載歐陽修、蘇軾、司馬光等忠臣都曾在春帖子裡寓意規諷，因此成為朝廷的範式，然而「自政、宣以後，第形容太平盛事，語言工麗以相誇，殆若唐人宮詞耳！」[註53]楊萬里在立春日把他的感懷寫下，意在諷刺當朝官場的粉飾之風，但他態度委婉、措辭含蓄，一句「丁寧綺語不須工」，把深深的批判化為切切的叮嚀，也化解了彼此立場的僵持對立。能把鋼鐵般的批判意志以繞指柔的創作技法呈現出來，顯示了楊萬里在詩內涵上的進一步認知，也顯示了晚唐詩對他創作風格的影響。

〔註51〕楊萬里，〈和李天麟二首〉，《楊萬里集箋校》，卷4，頁199。
〔註52〕楊萬里，〈立春日有懷二首〉其二，《楊萬里集箋校》，卷1，頁28。
〔註53〕〔宋〕周煇，《清波雜志》（台北：商務印書館，1983年景印文淵閣四庫全書），卷10，頁2。

　　其實，溫柔婉約的創作態度也是黃庭堅所主張的。他在〈書王知載朐山雜詠後〉云：「詩者，人之情性也。非強諫爭於廷，怨忿詬於道，怒鄰罵坐之爲也。……其發爲訕謗侵陵，引頸以承戈，披襟而受矢，以快一朝之忿者，人皆以爲詩之禍，是失詩之旨，非詩之過也。」當時，東坡因烏臺詩案飽受打擊，山谷也因修《神宗實錄》而遭貶斥，但他表示東坡與自己所遭受的劫難都不是因爲以詩抒情，而是在於沒有掌握好針砭諷勸的尺度，違反了傳統詩教的溫婉原則。楊萬里對委婉的言詞亦能收諷喻之效也相當認同，他引《毛詩序》爲《小雅·何人斯》的所比附的歷史事件云：

> 昔者暴公譖蘇公，而蘇公刺之。今求其詩，無刺之之詞，亦不見刺之之意也。乃曰：「二人從行，誰爲此禍？」使暴公聞之，未嘗指我也。然非我其誰哉？外不敢怒，而其中媿死矣。〔註54〕

楊萬里在〈詩論〉假設「夫人之爲不善，非不自知也，而自赦也，自赦而後自肆」，詩的功能就在使不善者聞之生愧，進而矯正過失，回復善性善行。他舉蘇公以詩諷刺暴公的例子，說明詩能在怨而婉的筆法下，使人外不敢怒，而心中愧死，顯見詩無須直言極諫，也能展現強大的約束力。

　　另一方面，楊萬里也注意到晚唐詩的精采之處，在於以最少量的文字表現最高度、最純熟的技巧。《誠齋詩話》云：

> 五七字絕句最少，而最難工，雖作者亦難得四句全好者。晚唐人與介甫最工於此者，如李義山憂唐之衰云：「夕陽無限好，其奈近黃昏。」如：「青女素娥俱耐冷，月中霜裡鬬嬋娟。」如：「芭蕉不展丁香結，同向春風各自愁。」如：「鶯花啼又笑，畢竟是誰春。」唐人〈銅雀臺〉云：「人生富貴須回首，此地豈無歌舞來。」〈寄邊衣〉云：「寄到玉關應萬里，戍人猶在玉關西。」〈折楊柳〉云：「羌笛何須怨楊柳，春光不度玉門關。」皆佳句也。如介甫云：「更無

〔註54〕楊萬里，〈頤庵詩集序〉，《楊萬里集箋校》，卷83，頁3332。

一片桃花在，爲問春歸有底忙？」「祇是蟲聲已無夢，五更
桐葉強知秋。」「百囀黃鸝看不見，海棠無數出牆頭。」「暗
香一陣連風起，知有薔薇澗底花。」不減唐人，然鮮有四
句全好者。杜牧之云：「清江漾漾白鷗飛，綠淨春深好染衣。
南去北來人自老，夕陽長送釣船歸。」唐人云：「樹頭樹尾
覓殘紅，一片西飛一片東。自是桃花貪結子，錯教人恨五
更風。」韓渥云：「昨夜三更雨，臨明一陣寒。薔薇花在否，
側臥捲簾看。」介甫云：「水際柴扉一半開，小橋分路入青
苔。背人照影無窮柳，隔屋吹香併是梅。」東坡云：「暮雲
收盡溢清寒，銀漢無聲轉玉盤。此生此夜不長好，明月明
年何處看。」四句皆好矣。〔註55〕

楊萬里所認知的詩之「工」，可以從兩方面來理解：第一，句法的凝
鍊。聞一多曾說：「中國的文字尤其是中國詩的文字，是一種緊湊非
常──緊湊到了最高限度的文字。……這種詩意的美，完全靠句法
表現出來。」〔註56〕這樣的特性在唐詩上尤爲顯著，故黃庭堅曾云：
「唐人吟詩，絕句云如二十箇君子，不可著一箇小人也。」〔註57〕不
過，楊萬里所在意的並不是詩句表層對仗的工整或語言所涵蓋的典故
意義，在《誠齋詩話》裡，楊萬里一再提到：「詩有一句七言而三意
者」、「詩有句中無其辭，而句外有其意者」、「東坡〈煎茶〉詩……第
二句七字而具五意」等，都是在論證前人如何將豐富的詩意壓縮在有
限的文字之中。第二，楊萬里對詩之工的另一項判準來自詩所展現意
蘊的婉曲，也就是「詩味」。前面我們提過楊萬里信仰傳統詩教的美
刺精神，認爲委婉的筆法比淺近直白的批露更具力量。從他所引述的
五、七言絕句來看，這些詩共同的特徵是寓情於景，但所傳達的情不
是直截的傷春悲秋，它們真正的意義潛藏在迂迴之中，或者觀照國勢
的盛衰、征戰的愁苦，或者反映人事的變化、命運的無常。詩並不直

〔註55〕楊萬里，《誠齋詩話》，《楊萬里集箋校》，卷114，頁4357。
〔註56〕聞一多，〈英譯李太白詩〉，《聞一多全集（三）》（台北：里仁書局，
1982年），頁162。
〔註57〕黃庭堅，《山谷集》別集，卷6，頁5。

述其意，而是在景物的佈置當中將眞實的情感層層包覆，懂詩的人必須把這些美景敍述一一剝除之後，才能領略其中的眞味。〈頤庵詩集序〉云：

> 夫詩何爲者也？尚其詞而已矣。曰：善詩者去詞。然則尚其意而已矣。曰：善詩者去意。然則去詞去意，則詩安在乎？曰：去詞去意而詩有在矣。然則詩果焉在？曰：嘗食夫飴與荼乎？人孰不飴之嗜也？初而甘，卒而酸。至於荼也，人病其苦也。然苦未既而不勝其甘，詩亦如是而已矣。〔註58〕

即使楊萬里對句法頗多研討，但在他看來，詞與意不是一首詩最重要的核心價值。詩的本質在於它去詞去意之後所存之「味」，也因此他表示「詩已盡而味方永，乃善之善也」。正因抱持這樣的詩學觀，楊萬里對晚唐詩的認知也與其他人不同。他眼中的晚唐詩，不是孟郊、賈島之輩哀歎窮蹇的寒瘦苦吟，而是以「屬聯切而不束，詞氣肆而不蕩，婉而莊，麗而不浮」〔註59〕的溫婉態度，反映政治社會、宇宙人生爲主題的時代之歌。

在楊萬里的觀念裡，反映時代環境是晚唐詩與老杜、山谷的共通特性。對楊萬里來說，黃庭堅的詩學觀念與晚唐詩的表現可能不必然是壁壘分明的兩端，是故他一方面表示晚唐詩承襲了「三百篇之遺味」，一方面又云「山谷先生續《國風》、《雅》、《頌》之絕絃」，正因楊萬里認清在形式與技巧各異的表層之下，詩還有更深層的本質，所以他能從三百篇的角度統合山谷與晚唐。這樣的視野，楊萬里巧妙化解了江西詩學與晚唐的對立，也呼應了過去王庭珪、劉才邵、張浚、胡銓等人對他文行合一的內聖教誨。

事實上，楊萬里對江西體的省察與批評，也是著眼於江西詩派只重詩的形式，沒有參悟詩的精髓。他在〈黃御史集序〉云：

〔註58〕楊萬里，〈頤庵詩集序〉，《楊萬里集箋校》，卷83，頁3332。
〔註59〕楊萬里，〈周子益訓蒙省題詩序〉，《楊萬里集箋校》，卷83，頁3337。

> 詩非文比也，必詩人爲之。如攻玉者必得玉工焉，使攻金
> 之工代之琢，則戾矣。而或者挾其深博之學，雄雋之文，
> 於是櫽栝其偉辭以爲詩，五七其句讀，而平上其音節，夫
> 豈非詩哉？至於晚唐之詩，則竄而誹之曰：鍛鍊之工不如
> 流出之自然也，誰敢違之乎？余每見繪畫唐人李、杜輩，
> 衣冠之奇古也，偉之乃未旣，而笑之者至矣。不笑不足以
> 爲古也。古之可笑者，獨衣冠哉？〔註60〕

氣弱格卑、鍛鍊工巧是江西詩派對晚唐詩的兩大批判。江西詩人們以
杜甫爲典範，企圖創作意涵豐厚、氣勢雄偉的作品。楊萬里認爲，江
西詩派只認識詩的形式表現，卻忽略了詩的藝術特質。他把詩比作
「玉」，玉的質地是溫潤的，對玉的處理應是細細的琢磨，而不是以
冶金的方式鍛鍊鎔鑄。詩的特質就像玉一般溫柔婉約，如果強把深博
之學、雄雋之文塡入詩的格式裡，便會破壞了詩的細緻感。江西詩派
指謫晚唐詩「鍛鍊之工不如流出之自然」，但江西詩人又有多少能創
作出「不煩繩削而自合」的作品？就連黃庭堅也曾感歎「茗搜文字響
枯腸」，顯見精思苦吟、鍛鍊雕琢並非爲晚唐詩所專擅。再者，江西
詩派死守山谷「奪胎換骨」、「點鐵成金」的詩法，竭力從古人的詩文
與典故中摘取文辭以充實自己的創作，在楊萬里看來，這就像是著古
人之衣冠一樣可笑。

　　楊萬里從文體性質的根本上否定江西詩派的創作方式，點出了
江西體爲人詬病的缺失，然後試圖以晚唐詩來建立其詩學論述，顯
示他已經注意到詩體的藝術性質。錢鍾書嘗言，「楊萬里顯然想把空
靈輕快的晚唐絕句作爲醫救塡飽塞滿的江西體的藥」，〔註61〕那麼，
楊萬里果眞是對症下藥了嗎？

　　其實，重新思考詩作重心，把詩的內涵投向政治、社會等大環境
的觀念，並不是楊萬里的創見。陳師道對此也有相似的看法，他曾云：

〔註60〕楊萬里，〈黃御史集序〉，《楊萬里集箋校》，卷79，頁3209。
〔註61〕錢鍾書，《宋詩選注》，頁254。

「昔人三百篇，善世已有餘。後生守章句，不足供嘔嚅。」〔註62〕江西詩人處處以杜甫、黃庭堅爲楷模，然而他們創作的動機並不只是摘錄、模仿與逞才而已。黃奕珍先生表示：「我們也許可以總結地說，江西詩派的基本概念是重讀書，把做人、修養，甚至對世界最終眞理的追求都將之包入作詩一藝之中，所以對江西詩人而言，作詩雖然是一種活動，但推而極之，卻可以是生命的全部，因爲讀書通向生命道德的完成。」〔註63〕從這個角度，我們或許就能理解何以面對創作的窒礙，江西詩人總顯得特別沉重。事實上，楊萬里棄江西、學晚唐的思維，並未跳脫詩教淑世的藩籬，他僅是換了學習的對象與作詩的方法，不再拾人牙慧，改以習古人氣味的方式來作詩，但整體態度仍是一種仿作。很快的，楊萬里將再次遭遇「學之愈力，作之愈寡」的困境，而他也再度進行反思，企圖找到答案，獲得創作的自由。

第二節　誠齋詩風的變化

從紹興二十六年（1156）進士及第，到紹熙三年（1192）辭官歸鄉，楊萬里宦海浮沉三十多年，足跡遍及中國東南各地。〔註64〕他將任官時所見所感寫成詩，分別編爲《江湖集》、《荊溪集》、《西歸集》、《南海集》、《朝天集》、《江西道院集》、《朝天續集》、《江東集》八部詩集。辭官歸里後，年過六旬的楊萬里自闢東園，終日盤桓其中，悠遊自得。他持續賦詩，一直到開禧二年（1206）溘然長逝，享壽八十歲。後人將他歸里十五年的詩作，再編爲《退休集》，因此終其一生，楊萬里詩集共九部，存詩四千二百餘首。

〔註62〕〔宋〕陳師道，〈咸平讀書堂〉，見〔宋〕任淵、冒廣生箋注，《後山詩集補箋》（台北：學海出版社，出版年不詳），卷10，頁324。
〔註63〕黃奕珍，《宋代詩學中的晚唐觀》，頁190。
〔註64〕楊萬里，〈誠齋朝天續集序〉云：「余隨牒倦游，登九疑，探禹穴，航南海，望羅浮，渡鱷溪。蓋太史公、韓退之、柳子厚、蘇東坡之車轍馬跡，余皆暨至其地。觀余詩，江湖嶺海之山川風物多在焉。」見《楊萬里集箋校》，卷81，頁3273。

　　研究楊萬里的詩，必然觸及其詩風多變的問題。回顧前人對楊萬里詩風轉變的討論，大概可以分爲以下三種方式：

一、概括性的描述

　　楊萬里逝世，朝廷頒佈〈諡文節公告議〉云：

> 其爲詩，始而清新，中而奇逸，終而平淡。如長江漫流，
> 物無不載。遇風觸石，噴薄駭人，蓋不復可以詩人繩尺拘
> 之者。〔註65〕

這段敘述將楊萬里的詩風分爲始、中、終三期，卻沒有言明分期的根據與標準。它以概觀的方式，點出楊萬里詩材廣泛，以及敢於衝破尺度，創作與眾不同的詩。

二、一官一集、一集一變

　　這項說法，最早見於南宋樓鑰〈送楊廷秀祕監赴江東漕〉詩：「一官定一集，流傳殆千卷」。〔註66〕但是學者常用以討論楊萬里詩風變化的，是元代方回對楊萬里〈過揚子江〉詩之評語：

> 楊誠齋詩一官一集，每一集必一變。〔註67〕

1995 年《宋代文學研究叢刊》創刊號，收錄劉俊廷《誠齋詩一官一集、一集一變之探析》論文。劉氏表示誠齋詩能稱爲「一官一集」的只有《荊溪集》與《江東集》兩部詩集，並提出誠齋收詩往往以地爲主，「一官一集」不如「一地一集」說中肯。另外，他根據誠齋各篇詩集序，將楊萬里詩分爲六變，分別爲「紹興壬午之變」、「乾道庚寅之變」、「淳熙丁酉之變」、「淳熙戊戌之變」、「淳熙庚子之變」、「紹熙庚戌之變」。可惜劉氏僅以詩集序文爲根據，並未詳加佐證，且其劃分方式，也不能切合誠齋詩作的實際情形。

〔註65〕〈諡文節公告議〉，《楊萬里集箋校》，卷 133，頁 5150。
〔註66〕〔宋〕樓鑰，〈送楊廷秀祕監赴江東漕〉，《攻媿集》（台北：藝文印書館，1975 年《四部叢刊》據上海商務印書館縮印宋刊本影印）卷 2，頁 32。
〔註67〕方回，《瀛奎律髓》，卷 1，頁 29。

三、詩集序的自述

　　嚴羽《滄浪詩話・詩體》「以人而論」，獨立出「楊誠齋體」，與
北宋東坡、山谷、後山、王荊公、邵康節，及南宋陳簡齋並列，其下
有一小注：「其初學半山、後山，最後亦學絕句於唐人。已而盡棄諸
家之體，而別出機杼，蓋其自序如此也。」嚴羽所本，乃是誠齋自撰
《江湖集》與《荊溪集》兩篇序文。不過，涉及楊萬里詩風格變化歷
程的，還有《南海集》與《朝天續集》兩集的序文，茲將二序原文錄
下：

> 予生好爲詩。初好之，既而厭之。至紹興壬午，予詩始變，
> 予乃喜。既而又厭之，至乾道庚寅，予詩又變。至淳熙丁
> 酉，予詩又變。是時假守毘陵，後三年予落南，初爲常平
> 使者，復持憲節。自庚子至壬寅，有詩四百首。如竹枝歌
> 等篇，每舉似友人尤延之，延之必擊節，以爲有劉夢得之
> 味，予未敢信也。〔註68〕

> 昔歲自江西道院召歸冊府，未幾而有廷勞使客之命。（按：
> 此事在紹熙元年）於是始得觀濤江，歷淮楚，盡見東南之
> 奇觀。如〈渡揚子江〉二詩，余大兒長孺舉似於范石湖、
> 尤梁溪二公間，皆以爲余詩又變，余亦不自知也。〔註69〕

梁昆的《宋詩派別論》據此四篇序文，分誠齋詩爲模仿、創造兩大
期，以及江西體、唐體、誠齋體三大變。〔註70〕然而梁氏視乾道庚
寅前楊萬里學後山五律、半山七絕，淳熙丁酉前楊萬里學唐絕的劃
分看法，是把〈荊溪集序〉的「既又學後山五字律，既又學半山老
人七字絕句，晚乃學絕句於唐人」，與〈南海集序〉的「至乾道庚寅，
予詩又變。至淳熙丁酉，予詩又變」兩段文字相互比附，並無實際
根據。視誠齋詩歷經三次大變更者，還有王守國的《誠齋詩研究》，
他把前兩次的轉變稱爲學古期，第三次轉變稱爲創新期，且進一步

〔註68〕楊萬里，〈誠齋南海詩集序〉，《楊萬里集箋校》，卷80，頁3263。
〔註69〕楊萬里，〈誠齋朝天續集序〉，《楊萬里集箋校》，卷81，頁3273。
〔註70〕梁昆，《宋詩派別論》（台北：東昇出版事業公司，1980年），頁94。

表示：「『誠齋體』的創立並不意味著誠齋探索創新的結束。……恰恰相反，誠齋在更廣闊更自由的天地裡，更自覺地進行著不懈的努力。……『誠齋體』不是一個靜態的封閉系統，而是一個動態的發展過程，不僅是詩人求新求變的結果，而且本身就處於不停的新變之中。」〔註71〕王氏的說法，是把楊萬里在《南海集》與《朝天續集》多次自言「余詩又變」，視爲淳熙戊戌誠齋體成立之後的小變化，不出誠齋體原格。而莫礪鋒先生〈論楊萬里詩風的轉變過程〉一文，則將楊萬里詩風轉變分爲四次：第一次是「紹興壬午」，第二次是「乾道庚寅」（1170），第三次是「淳熙丁酉、淳熙戊戌之間」，第四次是「紹熙元年」。對於第一、二、四次的變化，莫礪鋒先生認爲並不具備構成「誠齋體」的標示性意義；而第三次變化，也就是「淳熙丁酉、淳熙戊戌之間」的那一次最重要，「這是『誠齋體』形成的關鍵」。〔註72〕2001 年張瑞君著成《楊萬里評傳》，該書討論楊萬里詩歌淵源與發展歷程時也採取四次變化的劃分方式，分別爲：一、「模仿期」，紹興三十二年（1162）以前，學江西體；二、「過渡期（模仿與創新探索期）」，自紹興三十二年至淳熙四年（1177），學陳師道五言律詩、王安石七絕和唐人絕句，亦間有獨創風格的詩呈現。三、「形成期」，淳熙丁酉、戊戌以後，誠齋體已經完全成熟。四、「發展變化期」，紹熙元年十一月以後，基本風格定型後的進一步拓展和新變。張氏的分期方式，實與莫礪鋒先生大同小異。

　　綜觀上述各家根據楊萬里詩集序文對誠齋詩變化的劃分，雖然各有不同，但大抵都同意紹興壬午是誠齋詩的第一次變化，於此之前楊萬里學習江西體，於此之後他放棄江西體，改學後山五字律、半山七絕與唐人絕句。而誠齋能「自出機杼」，則是要到淳熙丁酉、戊戌之後。不過，楊萬里詩集的序文，果眞如實反映了他創作改變的歷程嗎？

〔註71〕王守國，《誠齋詩研究》（河南：中州古籍出版社，1992 年），頁 67
　　　～68。
〔註72〕莫礪鋒，〈論楊萬里詩風的轉變過程〉，頁 107。

　　《江湖集》的序文裡，楊萬里自述：「予少作有詩千餘篇，至紹興壬午七月皆焚之，大概江西體也。今所存日《江湖集》者，蓋學後山及半山及唐人者也。」今天我們已難完整看見楊萬里筆下眞正的江西體詩是何種樣貌，不過他留下了幾聯詩句，可供我們參照：

> 露窠蛛卹緯，風語燕懷春。
> 立岸風大壯，還舟燈小明。
> 疏星煜煜沙貫日，綠雲擾擾水舞苔。
> 坐忘日月三杯酒，臥護江湖一釣船。

其中第二聯很有陳師道〈舟中〉詩「惡風橫江江卷浪，黃流湍猛風用壯」、「岸上空荒火夜明，舟中起坐待殘更」的味道，第四聯也容易讓我們聯想起黃庭堅的名句：「桃李春風一杯酒，江湖夜雨十年燈」，而第一聯與第三聯更可以看出誠齋費心經營字句的痕跡。整體來說，這四聯句子確實顯露出江西詩派精煉字句、化用典故、奇崛硬峭的風格，可惜楊萬里將江西詩付之一炬，使後人在研究早期的誠齋詩時，只能就這殘存的幾聯詩句進行論述。不過，楊萬里焚詩之後似乎沒有全然擺脫舊學的薰染，在《江湖集》裡，我們還能嗅出江西餘味。比方這首〈和蕭判官東夫韻寄之〉：

> 湘江曉月照離裾，目送車塵至欲晡。歸路新詩合千首，幾時乘興更三吾。眼邊俗物只添睡，別後故人何似臞。尚策爬沙追歷塊，未甘直作水中鳧。〔註73〕

「幾時乘興更三吾」的「乘興」，取材自《世說新語・任誕》，王徽之大雪夜訪戴逵故事。「眼邊俗物」，來自杜詩「眼邊無俗物，多病也身輕」，「俗物」二字更可上溯《世說新語・排調》阮籍消遣王戎日：「俗物已復來敗人意」。「別後故人何似臞」，化用孟棨《本事詩》記載李白戲贈杜甫：「飯顆山頭逢杜甫，頭戴笠子日卓午。借問別來太瘦生，總爲從前作詩苦。」形容行動遲緩的「爬沙」，出自韓愈「爬沙腳手鈍」、張憲「爬沙夜蟹行」。表現行走神速的「歷塊」，則用杜甫〈戲

為六絕句〉:「龍文虎脊皆君馭,歷塊過都見爾曹」。「水中鳧」,最早
出自《楚辭‧卜居》:「寧昂昂若千里之駒乎,將氾氾若水中之鳧乎」,
《世說新語‧排調》載王徽之造訪謝安時,也說過:「昂昂若千里之
駒,氾氾若水中之鳧」。這首詩八句裡就有五句用典。還有如〈題湘
中館〉云「詩成未費才」是轉用李商隱「江令當年只費才」句;〈除
夕前一日歸舟夜泊曲渦市宿治平寺〉云「江寬風緊折綿寒」引自阮籍
詩「海凍不流綿絮折」,「冷窗凍壁更成眠」取材陳師道「冷窗凍壁作
春溫」;〈釣雪舟倦睡〉云「無端卻被梅花惱,特地吹香破夢魂」,前
一句化用杜甫詩「江上被花惱不徹」,後一句則揀擇王安石詩「隔屋
吹香併是梅」。用字遣詞皆有所本,在《江湖集》裡時時可見,無怪
錢鍾書譏諷誠齋詩「江西派的習氣也始終不曾根除,有機會就要發
作」。〔註74〕

　　雖然楊萬里自謂焚盡江西詩,企圖擺落江西詩派的束縛,但他對
黃庭堅始終佩服,從未與之決裂。《江湖集》裡蒐錄了這篇〈燈下讀
山谷詩〉:

　　　天下無雙雙井黃,遺編猶作舊時香。百年人物今安在,千
　　　載功名紙半張。使我詩篇如許好,關人身事亦何嘗。地爐
　　　火暖燈花喜,且只移家住醉鄉。〔註75〕

楊萬里所欽羨的山谷風采,展現在詩的創作上,是豐富的文化涵養
與詩法的靈活變化。即使黃庭堅最為後人所詬病的「奪胎換骨」,在
楊萬里看來卻是「截來雲錦花無樣,倒寫珠胎海亦貧。汗竹香中翻
墨汁,扶桑梢上掛頭巾」,〔註76〕自己很難望其項背。因此他幾次賦
詩向這位「天下無雙」的詩壇前輩致敬,且感歎「雙井無人後山死,
只今誰子定傳燈」。〔註77〕晚年的楊萬里,對江西詩派的態度也和緩

〔註74〕錢鍾書,《宋詩選注》,頁 253。
〔註75〕楊萬里,〈燈下讀山谷詩〉,《楊萬里集箋校》,卷 7,頁 426。
〔註76〕楊萬里,〈書黃廬陵伯庸詩卷〉,《楊萬里集箋校》,卷 38,頁 1996。
〔註77〕楊萬里,〈和李天麟秋懷五絕句〉其二,《楊萬里集箋校》,卷 4,頁
　　　234。

許多，他作有〈江西宗派詩序〉、〈江西續派二曾居士詩集序〉，也曾賦詩云：「要知詩客參江西，政似禪客參曹溪。不到南華與脩水，於何傳法更傳衣。」〔註78〕推崇江西詩派爲作詩的最高境界，錢鍾書先生據此認爲「南宋人往往把他算在江西派裡，並非無稽之談」。〔註79〕其實江西詩派的詩法訓練，並不失爲初學詩者入門的良方，只是學成之後要能活用，自抒己意，才不致隨人腳跟、拾人牙慧。如果我們把紹興壬午的焚詩之舉當做楊萬里告別江西詩派的表現，那麼接下來陳師道的五律、王安石的七絕和晚唐詩人的絕句對楊萬里而言也只是學習對象的改變。嚴格來說，向前人學習本來就是江西詩派的基本精神，楊萬里在《誠齋詩話》裡細膩地討論前人的句法，也反映出江西詩派創作訓練對他的影響。從這個角度來看，江西詩派的詩法觀念已經內化爲楊萬里的學養，即使他有意識不再做江西體詩，也不表示他和江西詩派形同陌路。

不作江西詩後，楊萬里轉向學習陳師道的五言律詩。值得注意的是，陳師道並不在楊萬里所言「江西諸君子」之列。我們知道，「江西詩派」這個名稱源自呂本中《江西詩社宗派圖》，「一祖三宗」之說也要晚到方回的《瀛奎律髓》才出現。不過，要不要把陳師道列入江西詩派，歷來爭議不斷。《雲麓漫鈔》云：「議者以謂陳無己爲詩高古，使其不死，未必甘爲宗派。」〔註80〕陳模《懷古錄》亦謂：「呂居仁作江西詩派，以山谷爲首，近二十餘人，其間詩律固多是宗黃者，然以後山亦與其中則非矣。後山集中似江西者極少，至於五言八句，則不特不似山谷，亦非山谷之所能及。」〔註81〕到了清代，錢大昕更直

〔註78〕楊萬里，〈送分寧主簿羅宏材秩滿入京〉，《楊萬里集箋校》，卷38，頁1995。

〔註79〕錢鍾書，《宋詩選注》，頁253。

〔註80〕〔宋〕趙彥衛撰，傅根清點校，《雲麓漫鈔》（北京：中華書局，1996年），卷14，頁244。

〔註81〕〔宋〕陳模，《懷古錄校注》（北京：中華書局，1993年），卷上，頁9。

接表示：「後山與黃同在蘇門，詩格亦與涪翁不相似，乃抑之入江西派，誕甚矣。」〔註82〕楊萬里不學江西詩派後，改學「後山五字律」，大概也是看出了陳師道不同於一般江西詩人之處。

　　陳師道早年事師曾鞏，中年入東坡門下，是蘇門六君子之一。後來見山谷詩，「盡焚其稿而學焉」。〔註83〕山谷對他亦十分器重，嘗云：「陳履常天下士也，其作詩淵源，得老杜句法，今之詩人不能當也。」〔註84〕後山雖學詩於黃，但並非模仿追隨，山谷擅長的拗句、險韻、僻典，陳師道都少有嘗試。《後山詩話》對詩文的主張是「寧拙無巧，寧樸無華，寧粗無弱，寧僻無俗」，《四溟詩話》也記載後山對劉禹錫〈望夫石〉詩「望來已是幾千載，只是當年初望時」，有「辭拙意工」〔註85〕的美評，可見樸拙是陳師道的審美偏好。在創作的風格表現上，黃、陳也有差異，朱熹云：「後山雅健強似山谷，然氣力不似山谷較大，但卻無山谷許多輕浮底意思；然若論敘事，又卻不及山谷，山谷善敘事情，敘得盡，後山敘得較有疏處。」〔註86〕其實，黃庭堅腹笥既富，文筆又長，所以能以俗為雅、以故為新，以法度錘鍊語句又不顯斧鑿痕跡；而陳師道胸臆一片真誠，其覓句苦吟，不願輕易出之，實為鍛鍊出質樸典重的作品。黃詩佈局精心、命意曲折，呈現躍動與新奇的風貌；陳詩勁健清瘦、高妙幽深，體現內斂與沉靜的格調。陳師道賦詩〈贈魯直〉云：「君如雙井茶，眾口願其嘗。顧我如麥飯，猶足填飢腸。」〔註87〕一語道破二人才情

〔註82〕〔清〕錢大昕，《十駕齋養新錄》（台北：台灣中華書局，1970年），卷16「江西派」條，頁9。
〔註83〕陳師道，〈答秦觀書〉，《後山集》（台北：中華書局，1965年據宋氏校刻本校刊影印），卷9，頁5。
〔註84〕黃庭堅，〈答王子飛書〉，《山谷集》，卷19，頁13。
〔註85〕〔明〕謝榛，《四溟詩話》，卷1，見丁福保輯，《歷代詩話續編》，頁1141。
〔註86〕朱熹，《朱子語類》，卷140，頁1485。
〔註87〕陳師道，〈贈魯直〉，《後山逸詩箋》，卷上，見《後山詩集補箋》，頁432。

與天份之別，也透露出山谷與自己在創作取向上的不同。

　　後山詩內容多以個人際遇爲主，〈暑雨〉、〈次韻春懷〉、〈送內〉、〈別三子〉等詩描述了生活的貧困窮蹇。然而與孟郊、賈島極盡寒瘦的寫法不同，後山之詩筆法樸實，比如〈除夜對酒贈少章〉云：「髮短愁催白，顏衰酒借紅」，雖是化用了杜甫〈寄司馬山人十二韻〉的「髮少何勞白，顏衰肯更紅」與鄭谷〈乖庸〉的「衰鬢霜供白，愁顏酒借紅」句，但後山以動詞「催」字表現時光的短促，更加深了對生命的無力感。《後山詩話》嘗云：「學詩當以子美爲師，有規矩故可學」，又云：「學杜不成不失爲工」，因此作詩效法杜甫之處頗多，其中又以五言律詩表現最爲圓熟。茲舉〈寄外舅郭大夫〉爲例：

　　　巴蜀通歸使，妻孥且舊居。深知報消息，不忍問何如。身健何妨遠，情親未肯疏。功名欺老病，淚盡數行書。〔註88〕

外舅郭大夫，即後山之丈人郭概。郭概至蜀後使人報歸，後山知妻兒已安居，故作此詩以寄郭。陳模評曰：「此宛然工部之氣象。」〔註89〕《瀛奎律髓》亦謂：「後山學老杜，此其逼眞者，枯淡瘦勁，情味深幽。」〔註90〕此詩頷聯點化杜甫〈述懷〉之「反畏消息來，寸心亦何有」，雖是窺摹換骨，卻將後山欲問還休之內心矛盾與轉折，表露無遺。清人盧文弨評曰：「後山之詩，於澹泊中醰醰乎有醇味，其境皆眞境，其情皆眞情，故能引人之情，相與留連往復，而不能自己。」〔註91〕其實這也反映出後山學杜，不止於皮相，正如胡應麟所謂：「陳五言律得杜骨」，〔註92〕杜甫的一片赤誠，才是後山師法的重心。

〔註88〕陳師道，〈寄外舅郭大夫〉，《後山詩集補箋》，卷1，頁14。

〔註89〕陳模，《懷古錄校注》，卷上，頁9。

〔註90〕方回，《瀛奎律髓》，卷42，頁1371。

〔註91〕〔清〕盧文弨，〈後山詩注跋〉，王文錦點校，《抱經堂文集》（北京：中華書局，1990），卷13，頁187。

〔註92〕胡應麟，《詩藪》，內編「古體下」，頁180。

　　楊萬里對陳師道相當敬仰，常在詩作與詩論中提及後山的人與詩。誠齋眼中，後山的形象是「道腴詩彌瘦」，〔註93〕他曾表示自己學後山詩後，「霜皮脫盡山骨寒」。〔註94〕後山以簡潔的詞語表達複雜曲折的情感，也是楊萬里研究句法的素材，《誠齋詩話》引後山「更病可無醉，猶寒己自知」句，說明詩「有一句五言而二意者」〔註95〕。後山的〈送內〉詩，楊萬里更有「一唱三歎」〔註96〕的讚歎。他亦賦有〈次東坡先生蠟梅韻〉，〔註97〕以蠟梅為線，將自己與東坡、後山連繫起來，表達上友古人的追慕之情。

　　楊萬里自述焚詩之後，他向後山學習五字律。《江湖集》近三分之一是五言律詩，此後的詩集裡，五言律詩的比重明顯降低，可見當時楊萬里著實對五言律詩下了一番功夫。且看〈得親老家問二首〉其一：

　　節裡難為客，家中數有書。慈親問歸否？意緒各何如。強酒那能盡，添愁不更除。舊來貧未仕，父子豈相踈？〔註98〕

此詩與前述後山詩〈寄外舅郭大夫〉氣味頗為相似，不但在內容上都是描寫骨肉分離的悲情，鋪排方式與化用杜詩的筆法也相當一致。再看陳、楊二人詩：

　　花絮隨風盡，歡娛過眼空。窮多詩有債，愁極酒無功。家在斜陽下，人歸滿月中。肝腸渾欲破，魂夢更無窮。〔註99〕

〔註93〕楊萬里，〈答賦永豐宰黃巖老投贈五言古句〉，《楊萬里集箋校》，卷36，頁1853。

〔註94〕楊萬里，〈送彭元忠縣丞北歸〉，《楊萬里集箋校》，卷16，頁832。

〔註95〕楊萬里，《誠齋詩話》，《楊萬里集箋校》，卷114，頁4351。

〔註96〕同前註，頁4359。

〔註97〕楊萬里，〈次東坡先生蠟梅韻〉：「梅花已自不是花，冰魂謫墮玉皇家。不餐煙火更餐蠟，化作黃姑瞞造物。後山未覺坡先知，東坡勾引後山詩。金花勸飲金荷葉，兩公醉吟許孤絕。人間姚魏漫如山，令人眼暗只欲眠。此花含香來又去，惱損詩人難覓句。月兼花影恰三人，欠個文同作墨君。吾詩無復古清越，萬水千山一瓶鉢。」見《楊萬里集箋校》，卷3，頁163。

〔註98〕楊萬里，〈得親老家問二首〉其一，《楊萬里集箋校》，卷1，頁24。

〔註99〕陳師道，〈夏日書事〉，《後山逸詩箋》，卷上，見《後山詩集補箋》，頁452。

　　　燈市通宵沸，朝來解一空。梅邊霜似雪，霧外日如虹。句
　　妙元非作，人窮未必工。忽驚家已遠，身在大江東。〔註100〕

這兩首詩提及了外在環境觸發詩人靈感的問題，首聯都以時光倏忽
而過、繁華歡娛轉眼成空的迷離失落入手，然後一步步回到現實裡。
陳師道貧困愁苦的生活經驗，讓他像還債一樣，寫下了許多沉鬱的
悲歌；楊萬里漂泊異鄉的思歸情緒，也勾引他創作出多首傷感的詩
篇。楊萬里以相同的韻腳、類似的章法，表達與陳師道相似的情感，
也顯露出江西詩派奪胎換骨、點鐵成金的詩學觀念，已深化為誠齋
創作的底蘊。在這兩首詩裡，雖然陳師道與楊萬里都把自己創作的
動機，交付於外在現實的影響，但實際上卻有著程度的差別。陳師
道的詩債說法，與宋代「詩窮而後工」的觀念有關；而楊萬里卻對
此提出質疑，他認為貧窮的生活經驗並不是詩得以工的保證，詩工
句妙，恐怕非人力強可致。從楊萬里後來的詩作中，我們還能看見
類似「句妙元非作」的語句不斷出現，事實上，這樣的文學觀念也
是促成楊萬里詩風轉變與「誠齋體」成立的重要關鍵。讓我們再看
一首楊萬里的〈中秋前一夕玩月〉：

　　　月擬來宵好，吾先今夕遭。纔升半壁許，已復一輪高。遷
　　坐明相就，群飛影得逃。望秋惟有此，徹夜敢辭勞。〔註101〕

這首詩有江西詩派對仗工整的遺韻，也有陳師道五字律樸實無華的風
味。方回評云：「此詩五、六佳，句亦清瘦」，〔註102〕正顯示楊萬里
在五律上存在著學習陳師道瘦硬的痕跡。《江湖集》裡，楊萬里的五
言律詩與後山相仿的例子很多，他自己也不諱言：「誰謂陳三遠，髯
張下筆親。夫何此意合，恐有宿生因。」〔註103〕過去曾有人批評陳
師道學杜太過，葛立方辯駁云：「用語相同，乃是讀少陵詩熟，不覺

〔註100〕　楊萬里，〈明發弋陽縣〉，《楊萬里集箋校》，卷4，頁220。
〔註101〕　楊萬里，〈中秋前一夕玩月〉，《楊萬里集箋校》，卷2，頁71。
〔註102〕　方回，《瀛奎律髓》，卷22，頁830。
〔註103〕　楊萬里，〈仲良見和再和謝焉〉，《楊萬里集箋校》，卷1，頁44。

其在筆下，又何足以病公。」〔註104〕同理，我們也能理解楊萬里的
五言律詩有後山氣味，正是他苦心學習的成果。

　　學後山五字律之後，楊萬里又轉向學習王安石七言絕句。《苕溪
漁隱叢話》引山谷之評云：「荊公暮年作小詩，雅麗精絕，脫去流俗。
每諷味之，便覺沆瀣生牙頰間。」〔註105〕徐俯也說：「荊公絕句妙天
下。」〔註106〕可見江西詩人對半山的絕句評價甚高。葉夢得《石林
詩話》云：「王荊公晚年詩律尤精嚴，造語用字，間不容髮。然意與
言會，言隨意遣，渾然天成，殆不見有牽率排比處。」〔註107〕精緻
工巧，可謂半山絕句的特色。且看〈南浦〉：

　　　南浦東岡二月時，物華撩我有新詩。含風鴨綠粼粼起，弄
　　　日鵝黃嬝嬝垂。〔註108〕

陳師道曾謂：「王介甫以工」，梁昆解釋云：「工即修辭之謂，故公詩
於對儷用事造語鍊字等功夫，煞費心力。」〔註109〕在這首詩裡，第
三、四句對仗精細，詞性一致，其中「鴨綠」對「鵝黃」都是以禽類
來做形容，而一「起」一「垂」，更表現了動態的對比與關聯性。此
外，運用疊字來構句也為半山所擅長，《艇齋詩話》云：「東萊不喜荊
公詩，云：『汪信民嘗言荊公詩失之軟弱，每一詩中，必有依依嬝嬝
等字。』予以東萊之言考之，荊公詩每篇必用連緜字，信民之言不謬。
然其精切藻麗，亦不可掩也。」〔註110〕但這項技巧卻深獲葉夢得青

〔註104〕　〔宋〕葛立方，《韻語陽秋》，卷2，見何文煥輯，《歷代詩話》，頁
　　　　　495。

〔註105〕　〔宋〕胡仔輯，廖德明點校，《苕溪漁隱叢話・前集》（以下簡稱《漁
　　　　　隱叢話》）（北京：人民文學出版社，1984年），卷35，頁234。

〔註106〕　〔宋〕曾季貍，《艇齋詩話》，見丁福保輯，《歷代詩話續編》，頁
　　　　　304。

〔註107〕　〔宋〕葉夢得，《石林詩話》，卷上，見何文煥輯，《歷代詩話》，頁
　　　　　406。

〔註108〕　王安石，〈南浦〉，《王臨川集》（台北：世界書局，1966年），卷27，
　　　　　頁149。

〔註109〕　梁昆，《宋詩派別論》，頁45。

〔註110〕　曾季貍，《艇齋詩話》，頁286。

眛，《石林詩話》曰：「詩下雙字極難，須使七言五言之間除去五字三字外，精神興致，全見於兩言，方爲工妙。」〔註111〕他舉了半山「新霜浦溆綿綿白，薄晚林巒往往青」句，認爲該句可以追配老杜。楊萬里《江湖集》的作品，也反映出半山對偶句的影響，如〈三月三日雨作遣悶十絕句〉其十：

> 卻是春殘景更佳，詩人須記許生涯。平田漲綠村村麥，嫩水浮紅岸岸花。〔註112〕

楊萬里學習半山以雙字寫絕句的例子不少，比方半山有「木末北山煙冉冉，草根南澗水憐憐」，〔註113〕「藹藹春風入水村，森森喬木映朱門」；〔註114〕楊萬里亦有「剩暑不蒙蕉扇扇，細雲聊倩月梳梳」，〔註115〕「曲曲都城繚翠微，鱗鱗湖浪動斜暉」，〔註116〕這些詩句在運用雙字的句法上都與半山相似。

　　除了構句的技巧，王安石自然清新的風格，亦爲楊萬里所學習。比如半山〈北山〉詩：

> 北山輸綠漲橫陂，直塹回塘灩灩時。細數落花因坐久，緩尋芳草得歸遲。〔註117〕

《石林詩話》認爲此詩末兩句「但見舒閑容與之態耳」。楊萬里也有如此清新可人的詩作，如〈閑居，初夏午睡起二絕句〉其一：

> 梅子留酸軟齒牙，芭蕉分綠與窗紗。日長睡起無情思，閑看兒童捉柳花。〔註118〕

〔註111〕　葉夢得，《石林詩話》，卷上，頁411。

〔註112〕　楊萬里，〈三月三日雨作遣悶十絕句〉其十，《楊萬里集箋校》，卷3，頁175。

〔註113〕　王安石，《王臨川集》，卷27，頁150。

〔註114〕　王安石，〈祈澤寺見許堅題詩〉，《王臨川集》，卷33，頁188。

〔註115〕　楊萬里，〈秋暑二首〉其二，《楊萬里集箋校》，卷6，頁374。

〔註116〕　楊萬里，〈同君俞季永步至普濟寺，晚泛西湖以歸，得四絕句〉其四，《楊萬里集箋校》，卷2，頁104。

〔註117〕　王安石，〈北山〉，《王臨川集》，卷28，頁156。

〔註118〕　楊萬里，〈閑居，初夏午睡起二絕句〉其一，《楊萬里集箋校》，卷3，頁189。

《鶴林玉露》記載張紫巖（張浚）見此詩曰：「廷秀胸襟透脫矣！」
〔註119〕周密亦謂此詩「極有思致」。〔註120〕這首詩先以味覺落筆，
表現不落俗套；芭蕉與窗紗的綠，使室外的自然與室內連成一線。末
句表現動態的「捉」字，讓室外情景鮮活起來，卻又不失整體詩意的
閑靜，動靜交融，體現類似「鳥鳴山更幽」的對比輔助效果。

　　王安石的理趣詩與詠史詩，也是楊萬里學習的內容。誠齋詩有
〈道旁竹〉：「竹竿穿竹籬，卻與籬為柱。大小且相依，榮枯何足顧。」
〔註121〕與〈讀嚴子陵傳〉：「客星何補漢中興，空有清風冷似冰。早
遣阿瞞移九鼎，人間何處有嚴陵」，〔註122〕都是以五、七言絕句闡
發議論，表現詩人理性的思維面向。

　　楊萬里對王安石詩十分欣賞，幾乎已至愛不釋手的地步。他曾賦
詩云：「船中活計只詩篇，讀了唐詩讀半山。不是老夫朝不食，半山
絕句當朝餐。」〔註123〕讀唐詩與半山詩，可以讓他忘飢止餓。在《誠
齋詩話》裡，楊萬里也推崇半山絕句云：「五、七字絕句最少而最難
工，雖作者亦難得四句全好者。晚唐人與介甫最工於此。」〔註124〕
楊萬里對王安石如此敬慕，何以他後來又捨棄半山轉師唐人呢？

　　《石林詩話》曾追溯半山詩風的流變云：「王荊公少以意氣自許，
故詩語惟其所向，不復更為涵蓄……皆直道其胸中事。後為群牧判
官，從宋次道盡假唐人詩集，博觀而約取，晚年始盡深婉不迫之趣。」
〔註125〕依據這段敘述，我們可以得知半山詩風的變化，是他學習唐
人的結果。《侯鯖錄》引東坡云：「荊公暮年詩始有合處，五字最勝，

〔註119〕　羅大經，《鶴林玉露》，頁60。
〔註120〕　〔宋〕周密，《浩然齋雅談》（台北：商務印書館，1983年景印文淵
　　　　　閣四庫全書），卷中，頁29。
〔註121〕　楊萬里，〈道旁竹〉，《楊萬里集箋校》，卷32，頁1664。
〔註122〕　楊萬里，〈讀嚴子陵傳〉，《楊萬里集箋校》，卷8，頁470。
〔註123〕　楊萬里，〈讀詩〉，《楊萬里集箋校》，卷31，頁1582。
〔註124〕　楊萬里，《誠齋詩話》，《楊萬里集箋校》，卷114，頁4357。
〔註125〕　葉夢得，《石林詩話》，卷中，頁419。

二韻小詩次之，七言詩終有晚唐氣味。」〔註126〕可見半山與晚唐人的七言詩確實有相近之處。楊萬里在論詩時，也常將半山與唐人並舉。論絕句時，他舉出半山〈陂麥〉、〈五更〉、〈獨臥〉等詩句，認爲這些句子「不減唐人」；〔註127〕作〈頤庵詩集序〉時，他表示晚唐詩句「三百篇之遺味，黯然猶存也」，〔註128〕「近世爲半山老人得之」；他也稱美頤庵居士劉應時的佳句，「使晚唐諸子與半山老人見之，當一笑曰：『君處北海，吾處南海，不虞君之涉吾地也，何故？』」顯見對楊萬里而言，半山詩與晚唐詩有一定程度的相似性。

　　事實上，楊萬里對半山詩與晚唐詩進行過一番比較。他在〈讀唐人及半山詩〉云：「不分唐人與半山，無端橫欲割詩壇。半山便遣能參透，猶有唐人是一關。」〔註129〕這首詩顯示他對半山詩與唐人有高下的分別。〈答徐子材談絕句〉又云：「受業初參王半山，終須投換晚唐間。國風此去無多子，關捩挑來衹等閒。」〔註130〕也就是說，楊萬里是以《國風》爲最終標的，而晚唐詩似乎比半山詩更接近《國風》的境界。〈送彭元忠縣丞北歸〉詩裡，楊萬里更表示：「學詩初學陳後山，霜皮脫盡山骨寒。近來別具一隻眼，要踏唐人最上關。」，〔註131〕刻意忽略半山，明白表達直接向唐人學習的決心。

　　《滄浪詩話》對半山詩與晚唐詩的高下也有評比，「王荊公體」下注云：「公絕句最高，其得意處，高出蘇、黃，然與唐人尚隔一關。」〔註132〕嚴羽的評語，很可能得自楊萬里的看法。《艇齋詩話》亦云：「東湖言荊公詩多學唐人，然百首不如晚唐人一首。」〔註133〕那麼，

〔註126〕　〔宋〕趙令時，《侯鯖錄》（台北市：藝文印書館，1966 年），卷 7，頁 10。
〔註127〕　楊萬里，《誠齋詩話》，《楊萬里集箋校》，卷 114，頁 4358。
〔註128〕　楊萬里，〈頤庵詩集序〉，《楊萬里集箋校》，卷 83，頁 3332。
〔註129〕　楊萬里，〈讀唐人及半山詩〉，《楊萬里集箋校》，卷 8，頁 479。
〔註130〕　楊萬里，〈答徐子材談絕句〉，《楊萬里集箋校》，卷 35，頁 1785。
〔註131〕　楊萬里，〈送彭元忠縣丞北歸〉，《楊萬里集箋校》，卷 16，頁 832。
〔註132〕　嚴羽，《滄浪詩話校釋》，頁 59。
〔註133〕　曾季貍，《艇齋詩話》，頁 293。

半山絕句差晚唐人的地方是什麼呢？

　　半山好用典，是他與晚唐詩人最大差異之處。他嘗自言：「某自百家諸子之書，至於《難經》、《素問》、《本草》、諸小說，無所不讀；農夫女工，無所不問。」〔註134〕他還曾編《唐百家詩選》，可見豐厚的學養，是半山創作的資源。比方〈書湖陰先生壁二首〉其一的「一水護田將綠遶，兩山排闥送青來」〔註135〕，前一句的「護田」用漢代於西域設兵卒統領保護營田之事，後一句的「排闥」則出自《前漢紀》之「樊噲乃排闥直入，大臣隨之」，兩項典故原先都具有剛強的意味，但王安石用以寫景，反而將之轉化爲活潑的語氣。再如〈蝶〉云：「翅輕於粉薄於繒，長被花牽不自勝。若信莊周尚非我，豈能投死爲韓憑。」〔註136〕前兩句寫蝴蝶的輕盈，後兩句先用《莊子·齊物論》莊周夢蝶的典故，再用韓憑故事。李璧《王荊公詩注》引干寶《搜神記》云：「大夫韓朋（一云憑），其妻美好，康王奪之。朋怨，王囚之，朋遂自殺。妻乃陰腐其衣，王與之登臺，自投臺下，左右捉衣，衣不勝手。遺書於帶曰：『願以屍還韓氏而合葬。』王怒，令埋之，兩塚相望。經宿，忽見有梓木生二塚之上，根交於下，枝連其上。又有鳥如鴛鴦，常棲其樹，朝暮悲鳴。南人謂此禽即韓朋夫婦之精魄，故以韓氏名之。」又引李義山絕句：「青陵臺畔日光斜，萬古眞魂倚暮霞。莫許韓朋爲蛺蝶，等閒飛上別枝花。」其實，王安石這首寫蝶的詩，目的在表現蝴蝶的體態之輕，像是不由自己被花所牽引。但他不單是直白描寫而已，還進一步以多重的人文典故來加深蝴蝶之輕巧感。王安石以莊周與蝶否定了蝴蝶的自主性，沒有了「我」的概念，又怎能像韓憑選擇自我了斷？從他借莊周夢蝶，到化用李商隱詩句，再將之連繫到韓憑夫婦殉情的浪漫情節，只爲強調蝴蝶「翅輕於粉薄於繒，長被花牽不自勝」，如此用事，實在曲折。

〔註134〕王安石，〈答曾子固書〉，《王臨川全集》，卷73，頁467。

〔註135〕王安石，〈書湖陰先生壁二首〉其一，見李璧注，《王荊文公詩李璧注》（上海：上海古籍出版社，1993年），卷43，頁1884。

〔註136〕王安石，〈蝶〉，見李璧注，《王荊文公詩李璧注》，卷47，頁2076。

　　要能像王安石一般將典故運用自如，必須累積一定程度的詞彙量。因爲現實的景物只是引發創作的起點，而創作的重心在聯想與景物相關的故實。正如《漁隱叢話》謂：「唐子西語錄云：凡作詩，平居須收拾詩材以備用。退之作范陽盧殷墓銘云：於書無所不讀，然正用資以爲詩是也。」〔註137〕也就是說，詩材的眞正來源，是對典故的積累，詩的創作，就是依據題旨對相關典故進行安排布置。如此一來，作詩「殆同書抄」，不但妨礙詩興，也讓創作降格爲逞才、競技的活動而已。雖然《詩人玉屑》記載：「荆公嘗云：詩家病使事太多，蓋皆取其與題合者類之，如此乃是編事，雖工何益。若能自出己意，借事以相發明，變態錯出，則用事雖多，亦何所妨。」〔註138〕然而強調用事切意的觀點，仍使詩的創作背負著典故的包袱。因此，對楊萬里而言，縱然半山絕句工巧，但比起晚唐絕句不必用事也能精工，恐怕還是略遜一籌。

　　不論是學習半山七絕，還是唐人絕句，《江湖集》也蒐錄了多首楊萬里創作的寫景絕句，茲舉如下：

　　　一晴一雨路乾濕，半淡半濃山疊重。遠草平中見牛背，新
　　　秧疏處有人蹤。〔註139〕

　　　初日新寒正曉霞，殘山賸水野人家。霜紅半臉金罌子，雪
　　　白一川蕎麥花。

　　　野菊相依露下叢，冷香自送水邊風。豐年氣象無多子，只
　　　在雞鳴犬吠中。〔註140〕

　　　出得城來事事幽，涉湘半濟值漁舟。也知漁父趁魚急，翻
　　　著春衫不裹頭。〔註141〕

　　　野花垂路止人行，田水偏尋缺處鳴。近浦人家隨曲折，插

〔註137〕　胡仔，《漁隱叢話・前集》，卷35，頁238。
〔註138〕　魏慶之，《詩人玉屑》，卷7，頁147。
〔註139〕　楊萬里，〈過百家渡四絕句〉其四，《楊萬里集箋校》，卷1，頁32。
〔註140〕　楊萬里，〈秋曉出郊二絕〉，《楊萬里集箋校》，卷4，頁242。
〔註141〕　楊萬里，〈過百家渡四絕句〉其一，《楊萬里集箋校》，卷1，頁32。

　　秧天氣半陰晴。〔註142〕

這些寫景絕句，前三首推敲字句、講究對仗，頗有半山的氣息，卻不如半山的工巧。後兩首不假雕飾，筆法近乎白描，反而顯得清新淡雅、自然流暢。

　　楊萬里對晚唐詩的學習，並不僅止於寫景。比如〈都下無憂館小樓，春盡旅懷二首〉其二：

　　　　不關老去願春遲，只恨春歸我未歸。最是楊花欺客子，向

　　　　人一一作西飛。〔註143〕

這首詩是乾道三年，楊萬里旅居杭州時作。他以「春歸」形容四季循環往復，與自己客居異鄉作對比；西飛的楊花，一方面表示時光匆匆，春天將到盡頭，一方面表示東風西吹，連飄泊的楊花都能藉春風由杭州吹向故鄉江西，而自己卻有家不能歸去。楊萬里將身不由己的埋怨，轉化成對春天與楊花的欣羨，充分展現出如晚唐詩般的溫柔婉約。同樣表現類似晚唐詩般的溫婉浪漫情懷，還有這首〈舟過望亭〉：

　　　　常州盡處是望亭，已離常州第四程。柳線絆船知不住，卻

　　　　教飛絮送儂行。〔註144〕

詩的前兩句寫自己乘舟經過望亭，即將離開常州；後兩句突然主客角色對調，把繾綣的離情轉換爲柳線與柳絮對自己的依依不捨。這樣的安排，正如晚唐思婦閨怨詩，是把眞實而濃烈的情感包裹在委婉溫柔的語氣之中。這首詩收錄在《西歸集》，是楊萬里「辭謝唐人及王、陳、江西諸君子皆不敢學」之後所作。或許楊萬里有意識盡棄舊學，不再模仿，然而晚唐詩的意婉語工，卻很可能深植其心，內化成楊萬里創作的一種風格。

〔註142〕 楊萬里，〈金溪道中〉，《楊萬里集箋校》，卷4，頁229。
〔註143〕 楊萬里，〈都下無憂館小樓，春盡旅懷二首〉其二，《楊萬里集箋校》，卷4，頁227。
〔註144〕 楊萬里，〈舟過望亭〉，《楊萬里集箋校》，卷13，頁649。

第三節　《荊溪集》在誠齋詩中的關鍵性

　　楊萬里在〈荊溪集序〉裡敘述到，學習半山與唐人絕句之後，他面臨到「學之愈力，作之愈寡」的創作瓶頸。誠齋曾與友人林謙之討論，得到「擇之之精，得之之艱，又欲作之之不寡乎？」的答案。其實楊萬里與林謙之的討論，牽涉到創作前的「學」與創作中的「作」兩個層面的問題。按照楊萬里的假設，「學」應是「作」的基礎，「學」與「作」不應相互消長。正如他在《誠齋詩話》所謂：「初學詩者須用古人好語，或兩字，或三字……　要誦詩之多，擇字之精，始乎摘用，久而自出肺腑，縱橫出沒，用亦可，不用亦可。」〔註145〕這是自黃庭堅以來，江西詩派初學者的不二法門。楊萬里所學甚廣，胡銓說他「上窺姚姒，下逮羽陵群玉之府，至於周柱魯壁，汲冢泰山、漢渠唐館之藏，奧篇隱袟，抉摘殆盡」，〔註146〕周必大也說誠齋之學「上規賡載之歌，刻意風雅頌之什，下逮《左氏》、《莊》、《騷》、秦、漢、魏、晉、南北朝、隋、唐以及本朝，凡名人傑作，無不推求其詞源，擇用其句法。」〔註147〕事實上，楊萬里師法的詩人也不少，〈書王右丞詩後〉云：「晚因子厚識淵明，早學蘇州得右丞。忽夢少陵談句法，勸參庾信謁陰鏗」，〔註148〕加上誠齋詩文中對李白、白居易、僧參寥等人的推崇，其學習真可謂「遍參諸方」。然而，這些詩人的風格與成就各異，造成楊萬里初期詩風的駁雜不穩定，這樣的情形確實存在於《江湖集》裡。不過，殷實而廣博的學養，如何會成為誠齋創作的絆腳石？

　　前兩節我們回顧楊萬里《江湖集》的作品，了解他在學習與仿作上的努力。雖然楊萬里焚盡江西詩的具體原因，至今尚無定論，但我們可以大膽假設楊萬里自我創作意識的萌發，是以「擺脫」為起點，

〔註145〕　楊萬里，《誠齋詩話》，《楊萬里集箋校》，卷114，頁4355。
〔註146〕　胡銓，〈誠齋記〉，頁375。
〔註147〕　〔宋〕周必大，《文忠集》（台北：商務印書館，1983年景印文淵閣四庫全書），卷49，頁13。
〔註148〕　楊萬里，〈書王右丞詩後〉，《楊萬里集箋校》，卷7，頁390。

在他「自出機杼」之前，都是在進行不斷的擺脫。我們可以這樣來看楊萬里學詩的歷程：他學江西詩派後，想擺脫江西體對文辭來歷的執著，所以轉學後山五字律的樸實簡約；他學陳師道後，想擺脫後山詩的瘦硬樸直，所以轉向學習王安石與晚唐人的工巧。而唐人與半山詩之「工」，正是表現在文辭擇用的仔細與精準上。王安石的〈泊船瓜洲〉，一句「春風又綠江南岸」，修改數次，洪邁《容齋隨筆》記載：「吳中士人家藏其草，初云又到江南岸，圈去到字，注曰不好，改為過，復圈去而改為入，旋改為滿，凡如是十許字，始定為綠。」〔註149〕可見「擇之之精」是王安石作詩的一大功夫。而黃庭堅作詩亦不乏對用字的要求，除了「無一字無來處」，《容齋隨筆》也記錄著：「黃魯直詩：『歸燕略無三月事，高蟬正用一枝鳴。』用字初曰抱，又改曰占、曰在、曰帶、曰要，至用字始定。」〔註150〕王安石用「綠」，黃庭堅用「用」，都是為了在一個字裡表達兩種以上的意涵。如此字斟句酌，實在煞費苦心。再加上「閉門覓句」的陳師道，楊萬里在創作時很難不受前輩詩人的影響，用字遣詞自然成為他重要的考量。因此在《江湖集》裡，我們不時看見楊萬里苦吟的身影：

> 春忽明朝是，冬將半夜非。年華只不住，客子未能歸。微霰疏還密，寒簷滴又稀。撚鬚真浪苦，呵筆更成揮。〔註151〕

> 未惜詩脾苦，端令鬼膽寒。吾才三鼓竭，君思九江寬。作者今猶古，燈前捲又看。不辭鬚撚斷，只苦句難安。〔註152〕

> 忽驚騎吏叩柴荊，厚祿移書訪死生。今日猶遲傅巖雨，前身端是謝宣城。解包兔穎霜盈把，試墨山泉月一泓。老裏苦吟翻作拙，撚鬚柱斷兩三莖。〔註153〕

〔註149〕 洪邁，《容齋隨筆》（南京：鳳凰出版社，2009年），續筆，卷8「詩詞改字」條，頁198。

〔註150〕 同前註。

〔註151〕 楊萬里，〈立春前一夕二首〉其一，《楊萬里集箋校》，卷1，頁26。

〔註152〕 楊萬里，〈仲良見和再和謝焉〉其一，《楊萬里集箋校》，卷1，頁44。

〔註153〕 楊萬里，〈謝傅宣州安道郎中送宣城筆〉，《楊萬里集箋校》，卷7，

這樣撚鬚苦吟的形象，很容易讓我們想起賈島。或許，這也是何以楊萬里欣賞的晚唐，不是郊、島等苦吟詩人的另一個潛在因素。不只撚鬚，誠齋甚至還曾賦有「覓句許奇險，有底惱肝腎」〔註154〕這樣的句子，看來苦吟覓句讓他的身心大為耗竭。創作的苦思苦悶，幾乎要扼殺作詩的熱情，誠齋〈己丑上元後晚望〉云：

> 雪裏晴偏好，寒餘暖尚輕。山煙春自起，野燒暮方明。又
> 是元宵過，端令病骨驚。遣愁聊覓句，得句卻愁生。〔註155〕

賞心悅目的景色不斷召喚詩人的詩興，讓他「不惜吟邊苦，收將句裡看」，〔註156〕然而苦思覓句卻讓創作成為愁緒的來源，即使詩成，依然不能暢然舒懷。對既成作品的懷疑與不安，讓楊萬里近乎要自我否定了。他在〈同李簿養直登秋屏〉詩中明白表示對創作惡感：

> 大範今無寺，秋屏故有基。看山非不好，弔古卻成悲。行
> 役真何苦？同來也未遲。題詩只惡語，差勝不題詩。〔註157〕

登高懷古是歷代詩人熱衷的主題，但是楊萬里卻沒有在登秋屏時錦上添花、更添一筆，反而是發洩了自己的滿腹牢騷，甚至在詩末誠齋還自嘲其創作只是聊勝於無而已。不過我們細看這首詩，沒有典故，修辭簡單，不見前人的影子，完全是抒發自己的意緒，這樣的詩出現在《江湖集》裡，其實暗示著楊萬里的詩風正悄悄地改變著，也預告誠齋創作的自我意識正逐漸形成。

　　然而楊萬里不一定這麼看待自己創作的變化。〈荊溪集序〉裡，他把創作困境的解除，以「忽若有寤」這樣的神秘語言表示出來。《說文》對「寤」的解釋是：「寐覺而有言曰寤」，寤又通「悟」，《詩‧邶風‧柏舟》云：「靜言思之，寤擗有摽。」《史記‧李斯列傳》云：

　　　　頁 392。

〔註154〕楊萬里，〈和吳伯承提宮孟冬風雨〉，《楊萬里集箋校》，卷 4，頁213。

〔註155〕楊萬里，〈己丑上元後晚望〉，《楊萬里集箋校》，卷5，頁277。

〔註156〕楊萬里，〈和羅巨濟山居十詠〉其五，《楊萬里集箋校》，卷 4，頁251。

〔註157〕楊萬里，〈同李簿養直登秋屏〉，《楊萬里集箋校》，卷 6，頁325。

「而心尚未寤也。」《漢書‧陳勝項籍傳贊》亦云：「身死東城，尚不覺寤。」楊萬里以「寤」這個字來表達自己在創作上的突破，隱含著視先前的苦吟仿作爲昏寐未醒，一「寤」之後，身心煥然一新，可見其欲徹底揮別覓句苦思的過去，以及重獲創作樂趣的欣喜之情。而他一別過去的方式，照〈荊溪集序〉的說法，可歸納爲三方面：一、「於是辭謝唐人，及王、陳、江西諸君子皆不敢學」，這是在創作的文辭與風格上，不再模仿前人。二、「試令兒輩操筆，予口占數首」，意之所至，楊萬里隨即脫口而出，並且不親自動筆，以避免自己再度陷入拈鬚苦吟的故態。三、「自此每過午，吏散庭空，即攜一便面，步後園，登古城，采擷杞菊，攀翻花竹」，走出「資書以爲詩」的創作方式，實際接近自然，以自己的眼光觀察周遭的自然風物，不過度思索，信筆描繪物象，其實才是楊萬里眞正告別前學，自由創作的里程碑。

　　改變了創作的心態與方法，楊萬里是不是眞的如他在《荊溪集》詩序所言「則瀏瀏焉，無復前日之軋軋矣」，「渙然未覺作詩之難也，蓋詩人之病去體將有日矣」？

　　我們先來看《荊溪集》裡的兩首詩：

　　　蟻無秋衣雁有裘，霜天謀食各自愁。雁聲寒死叫不歇，蟻膝凍僵行復休。先生苦吟日色晚，老鈴來催喫朝飯。小兒誦書呼不來，案頭冷卻黃虀麵。〔註158〕

　　　野意隨宜有，山光入望無。寒曦不自暖，落木幾曾枯。不分霜前樹，長啼月下烏。苦吟徐便悔，可惜數莖鬚。〔註159〕

《荊溪集》是楊萬里自述辭謝前學、修正創作方式的第一部詩集，然而楊萬里苦吟的創作習慣好像還沒有完全改變過來。上面所引的第一首詩，詩題就叫〈苦吟〉，風格也頗具寒儉、瘦硬的氣息，不過在這首詩裡，對仗鬆散了，也出現了近乎口語的文詞。後一首詩雖然又呈

〔註158〕　楊萬里，〈苦吟〉，《楊萬里集箋校》，卷10，頁546。
〔註159〕　楊萬里，〈晴眺〉，《楊萬里集箋校》，卷11，頁566。

現對偶工整的舊貌，但詩的最末一聯，楊萬里對苦吟舊習的故態復萌立刻表示後悔，顯見他在創作時不斷反省，提醒自己切莫重蹈覆轍。事實上，《荊溪集》之後楊萬里仍不時作出「自笑獨醒仍苦咏，枯腸雷轉不禁搜」、〔註160〕「畫手凋心苦，詩脾覓句難」〔註161〕這類描述自己苦於覓句的句子，甚至到晚年，他爲自己的畫像作贊云：「鬢少梳欲無，髭短鑷更少。搔鬢祇拈髭，覓句何日了？」〔註162〕看來覓句苦吟對楊萬里而言已是根深蒂固的創作習慣，終其一生都無法拔除。然而，我們不妨把這樣覓句、苦吟的創作方式，視爲楊萬里對創作的堅持，爲求詩篇的盡善盡美，他始終不惜竭盡心力。

　　既然覓句、苦吟的句子仍偶爾出現在《荊溪集》之後誠齋的詩作中，我們要證明楊萬里在創作上的突破，就必須從誠齋各詩集的創作量來分析。茲將楊萬里各編詩集的創作時間、地點、數量列表如下：

〔註163〕

〔註160〕　楊萬里，〈中秋病中不飲二首，後一首用轆轤體〉其一，《楊萬里集箋校》，卷14，頁701。

〔註161〕　楊萬里，〈擬上舍寒江動碧虛詩〉，《楊萬里集箋校》，卷 23，頁1192。

〔註162〕　楊萬里，〈子年劉郎寫余老貌，求贊〉，《楊萬里集箋校》，卷41，頁2182。

〔註163〕　本表係參考莫礪鋒先生〈論楊萬里詩風的轉變過程〉文中列表，修改而來。莫礪鋒先生所列三表，其一以詩集名、寫作年代、作序年月，說明誠齋詩集與序言並非同時寫出，楊萬里對詩風轉變的自述，是一種事後的回顧；其二以各詩集作品數、時間跨度、平均每年作詩數來分析，顯示《荊溪集》寫作速度發生驚人的變化，並在此後十五年也沒有太大的跌落；其三統計了各詩集中作品總數、七絕篇數、與七絕所占百分比，從而可知七絕是誠齋體最重要的載體，其中又以《荊溪集》、《西歸集》、《南海集》七絕比重最大，可以認爲「戊戌三朝」的變化，七絕比重的增加是一個重要内容。詳見〈論楊萬里詩風的轉變過程〉，頁105、108、109。本表即根據莫礪鋒先生前二表加以合併，裁去表一的作序年月，增加了誠齋的創作地點，並重新計算年平均數，以利本文討論時佐證。在此向莫礪鋒先生致謝。
年平均數係將該集作品總數除以該集創作總月數再乘以12，小數

詩集名	創作時間	歷時	創作地點	作品數	年平均數*
《江湖集》	紹興三十二年（1162）～淳熙四年（1177）	11 年	永州、吉水、奉新、臨安	735	67
《荊溪集》	淳熙四年（1177）三月～淳熙六年（1179）二月	1 年 11 個月	常州	492	257
《西歸集》	淳熙六年（1179）三月～淳熙六年（1179）十二月	10 個月	離常州西歸道中	202	242
《南海集》	淳熙七年（1180）一月～淳熙九年（1182）六月	2 年 6 個月	廣東	393	157
《朝天集》	淳熙十一年（1184）十月～淳熙十四年（1187）六月	2 年 9 個月	臨安	517	188
《江西道院集》	淳熙十四年（1187）七月～淳熙十六年（1189）十月	2 年 4 個月	吉水、筠州	253	108
《朝天續集》	淳熙十六年（1189）十一月～紹熙元年（1190）九月	10 個月	臨安	402	482
《江東集》	紹熙元年（1190）十月～紹熙三年（1192）五月	1 年 7 個月	江東	518	327
《退休集》	紹熙三年（1192）六月～開禧二年（1206）五月	14 年	吉水	720	51

點四捨五入後所得整數。

　　由上表可知，《江湖集》十一年來得詩 735 首，創作年平均數為 67 首，楊萬里自己也不禁感歎「其寡蓋如此」。而《荊溪集》的創作年平均數攀升至 257 首，確實開創了誠齋創作的第一次高峰，由此可知楊萬里「則瀏瀏焉，無復前日之軋軋矣」，所言不假。此後除了晚年的《退休集》外，楊萬里各詩集的年平均數也都維持在百首之上，因此《荊溪集》的變化可謂楊萬里創作的一大躍進。同樣的情形也發生在紹熙元年間，此前《江西道院集》創作年平均數為 108 首，此後《朝天續集》又躍升逾 400 首，〔註 164〕可見紹熙元年的一變，也帶動了誠齋創作的第二高峰。〔註 165〕

　　其次，從創作發生的地點與題材來看，《荊溪集》收錄的前十一題十九首詩是楊萬里記敍到毗陵任官途中的所見所感，第十二首詩以後創作的地點就集中在毗陵。如果我們把《荊溪集》詩平鋪排列，不但可以見到毗陵的四季更迭，甚至可以細數季節當中的日常變化。如果按題材分類，我們可以看見楊萬里對同一主題不斷進行各種側寫：以「荷橋」為題的，就有〈荷橋〉、〈七月十四日雨後毗陵郡圃荷橋上納涼〉、〈暮立荷橋〉、〈雨足曉立郡圃荷橋〉、〈荷橋暮坐〉、〈曉坐荷橋〉；寫「蠟梅」，就有〈蠟梅〉三首、〈燭下瓶中江蠟二梅〉；以梅花為題材的詩逾二十首，有〈郡圃小梅一枝先開〉、〈郡齋梅花〉、〈池亭雙樹梅花〉、〈懷古堂前小梅漸開〉、〈多稼亭前兩株梅盛開〉等不同地點的梅花，與〈落梅再著晚花〉、〈雪中看梅〉、〈燭下梅花〉、〈小瓶梅花〉、〈夜觀庭中梅花〉等不同樣態的梅花。《荊溪集》裡寫雪的詩，更是不計其數。除了上述這些常見的主題，《荊溪集》還收錄了一些傳統較少入詩的題材，比方〈鑷白〉、〈理髮〉等生活瑣事，〈鱟醬〉、〈水精膾〉、〈蒲桃乾〉等食材，還有像〈凍蠅〉、〈牛尾狸〉等動物。還有一些詩，單是詩題就已描摹生動，像是〈東窗梅影，

〔註 164〕請參考本章第二節引《朝天續集》序文，頁 30～31。
〔註 165〕關於紹熙元年誠齋詩風的變化，本文僅就數量觀察。實際變化之背景與內容因超出本文研究範圍，在此不另作討論。

上有寒雀往來〉、〈一鷺先立池中，有雙鷺自外來，先立者逐之，雙
鷺亟去，莫敢敵者〉、〈鳩銜枝營巢樹間，經月不成而去〉、〈鵲營巢
既成，爲鳩所據〉等，特別是上述兩首寫鳩與鵲的詩，接續寫出，
好似連載，更顯妙趣橫生。楊萬里於序文中自述：「萬象畢來，獻予
詩材」，《荊溪集》題材的多樣化，反映出楊萬里不再拘泥舊題，勇
於開創新題的實驗精神，也證明了擺脫過去的創作方式，詩興與詩
思是如何的海闊天空。

　　第三，從作品所呈現的風格來看，《荊溪集》也與《江湖集》有
很大的不同。莫礪鋒先生統計楊萬里各編詩集中七言絕句的數量，指
出七絕在誠齋詩的各種體裁中獨占一半，「它是『誠齋體』最重要的
載體」。〔註166〕而《荊溪集》、《西歸集》、《南海集》三集中七絕的比
重都超過該集總數的六成，高於《江湖集》七絕僅占四成的比重，「不
妨認爲，以戊戌三朝爲標誌的楊詩之變化，七絕比重的增加是一個重
要的內容」。較之於律詩在對偶與聲律上的嚴格限制，與古風必須留
意的章法結構，絕句是相對自由、活潑的體裁；而五絕與七絕相比，
「五言絕句難於七言絕句」，〔註167〕七絕每句多出的兩個字，正好給
了詩人更大的轉圜空間，有得以安置虛詞的機會。《荊溪集》裡虛詞
的出現，不但說明了誠齋確實不再專注於用典使事、雕章琢句，而改
以口占、隨筆的方式創作，事實上，這些虛詞也擔負了論斷的功能。
比方〈清明雨寒〉的「閉戶何緣得句來？開窗更倩雨相催」，〔註168〕
與〈張子儀太社折送秋日海棠〉的「爲底夜深花不睡？翠紗袖上月和
霜」，〔註169〕即是以虛詞表疑問，引領出下一句的判斷。再如〈淨遠
亭晚望〉的「忽聞風起仍波起，乃是飛聲與落聲」，〔註170〕與〈淨遠

〔註166〕 莫礪鋒，〈論楊萬里詩風的轉變過程〉，頁109。
〔註167〕 嚴羽，《滄浪詩話校釋》，頁127。
〔註168〕 楊萬里，〈清明雨寒〉其七，《楊萬里集箋校》，卷9，頁489。
〔註169〕 楊萬里，〈張子儀太社折送秋日海棠〉其二，《楊萬里集箋校》，卷
　　　　 10，頁537。
〔註170〕 楊萬里，〈淨遠亭晚望〉，《楊萬里集箋校》，卷8，頁457。

亭午望〉的「初暄乍冷飛猶倦，一蝶新從底處來」〔註171〕，則是用
虛詞來繫聯物象的關係與變化。當然，我們不會忘記楊萬里辭謝前學
之前，也花了很大的功夫學習絕句，因此「戊戌三朝」他改變了作詩
的態度與方法，以七言絕句為創作的大宗，應亦能歸因於七絕是誠齋
較為熟習的體裁。

　　其實，楊萬里創作風格的改變，並不限於七言絕句而已，自然活
潑的氣息，也一樣呈現在其他的體裁上。像是〈霜寒，轆轤體〉的「沙
鷗腳不襪，故故踏冰翻」，與七言長詩〈燭下和雪折梅〉把帶雪的梅
花幻想成鬢上滿是汗珠的「梅兄」，楊萬里善於將他所描摹的對象擬
人化，並且強化動態的表現，產生靈活生動的效果。再看這首〈戲題
所見〉：

> 田家不遣兒牧豬，老烏替作牧豬奴。不羞卑冗頗得志，草
> 根更與豬為戲。一烏驅豬作觳觫，一烏騎豬作駊騀。騎之
> 不穩驅不前，坐看頑鈍手無鞭。人與馬牛雖各樣，一生同
> 住烏衣巷。叱聲啞啞喙欲乾，豬竟不曉烏之言。騎者不從
> 驅者鬥，爭牛訟馬傍無救。豬亦自食仍自行，一任兩烏雙
> 鬥爭。不緣一童逐烏起，兩烏頃刻鬥至死。〔註172〕

像是實況報導一般，以這樣長的篇幅，描述兩隻烏鴉與豬嬉戲，最後
竟相鬥而死的事件始末。其實以自然景物為題材，《江湖集》已然有
之，但如此寫實的風格，直白的口吻，卻不曾出現在《江湖集》裡。
這是楊萬里創作的一大變化，也是《荊溪集》的值得我們探究的特出
之處。

小　結

　　這一章裡，我們回顧了楊萬里在《荊溪集》創作之前，詩風的轉
變歷程。第一節「誠齋詩的師承及淵源」，處理的是楊萬里如何調適

〔註171〕　楊萬里，〈淨遠亭午望〉，《楊萬里集箋校》，卷8，頁467。
〔註172〕　楊萬里，〈戲題所見〉，《楊萬里集箋校》，卷12，頁614。

江西詩派與晚唐詩看似壁壘分明的情形。關於楊萬里的師承及淵源，我們可以從兩方面追索：一是曾教導過他的王庭珪、劉才邵等人，一是誠齋在《荊溪集》序文裡自述詩歌創作的學習對象，也就是江西諸君子、後山五字律、半山七絕、與晚唐人絕句。根據楊萬里的敘述，王庭珪等人是以蘇軾、黃庭堅「太學犯禁之說」教導他，這對楊萬里的詩學觀念影響甚深。特別是黃庭堅，在詩法訓練與精神內涵的追求上，啓發了楊萬里早期向江西詩派學習，並提出「詩也者，矯天下之具也」的詩學主張。事實上，江西詩派與晚唐詩的對立，也是始於黃庭堅尊老杜、輕晚唐的看法。然而，如何定義「晚唐」，楊萬里採取了與黃庭堅全然不同的途徑。他從「詩味」出發，讚賞反映時代，字句凝練的晚唐詩，並上規《國風》、《小雅》，使晚唐詩在關心時局環境的面向上與黃庭堅的詩法精神得以統合。另一方面，楊萬里的詩味說，某種程度上也讓詩歌在儒家詩教與江西詩法的極端壓力下，保留了審美的可能。

第二節我們針對《荊溪集》序，來探討楊萬里詩風的變化。大致說來，在《荊溪集》之前，誠齋詩歷經兩次重大變化：一是紹興壬午焚盡江西舊作，開始轉益多師；一是淳熙戊戌辭謝前學，自出機杼。事實上，這些大大小小的變化標示著楊萬里的學習與反省。他在江西詩派的詩法中感到詩興被干擾了，所以他轉向學習陳師道五言律詩，以簡潔的詞語表達眞實而複雜的情感。但陳師道的樸拙不能滿足他，讓他開始學習王安石七絕的工巧。在王安石的七絕裡，楊萬里學到的還有自然清新的風格，以及對物象細緻的描摹，但半山好用典卻讓他再度轉向，開始學習不用典故也能意婉語工的晚唐詩。因此，當我們重新檢視楊萬里詩歌的學習經過，可以知道他自江西詩派轉向學習晚唐，恐怕並不如錢鍾書先生的鐘擺說如此一跳而就。在這段漫長的過程中，楊萬里是一步步反省著自己學習的方向，並從中不斷累積著逐漸深厚的學養。

然而，一再轉換學習對象，爲什麼會使楊萬里感到「學之愈力，

作之愈寡」呢？他與友人討論得出「擇之之精，得之之艱」的結論。過去他所學習的對象，都在用字遣詞上非常講究，因此造成楊萬里也不斷苦吟。直到「戊戌三朝，忽若有寤」，楊萬里改變了創作的方式，辭謝前學，不再模仿，走出書齋，親近自然，改以口占、隨筆的方式寫詩。按照《荊溪集》序文的說法，楊萬里從此「瀏瀏焉」，「渙然未覺作詩之難也」。在第三節裡，我們統計了楊萬里各詩集的作品數量，發現從《荊溪集》開始，楊萬里的創作量增加了，似乎他果真突破創作的瓶頸。雖然《荊溪集》的創作環境侷限在毗陵一地，但他不停對相同的題材仔細觀察、細緻描繪，好像天天都有詩可寫。再者，《荊溪集》裡七言絕句的比重也增加了，在這些七絕詩裡，我們也能看到楊萬里以直白、不加修飾的語言來寫詩，表現出自然活潑的風格。誠齋筆下的物象，時常具有擬人化的情形，他也擅長描摹物的動態，因此在《荊溪集》裡的物，總是顯得生動而靈巧，充滿著趣味。

很難證明楊萬里在創作上的突破究竟是頓悟成佛，還是「時至骨自換」，但可以明白的是在《荊溪集》之前，誠齋詩已開始悄悄變化著。不過，從創作量的驟升、題材的擴大與七言絕句的增加來看，《荊溪集》確實標誌著楊萬里突破創作困境，展現個人風格的開端，因此，我們可以說《荊溪集》在誠齋詩中扮演著關鍵的角色，它確定了誠齋詩將自成一體的基本方向。有趣的是，楊萬里詩論一再讚譽的溫婉諷喻風格與詞語精工的技巧，並未體現在他的創新作法上。在《荊溪集》裡，楊萬里把眼光投向自然，盡情描摹生活周遭的景物，並以擬人的方式表現出物象的活潑姿態。從這個角度而言，楊萬里不只是突破了個人的創作瓶頸，他也引領著中國詩歌開闢出託物抒情言志之外的寫物新天地。

第三章 《荊溪集》寫物技法

誠齋《荊溪集》可以分為兩個部份：第一部分是楊萬里自吉水之官毗陵途中的所見所感，詩起〈丁酉四月十日，之官毗陵，舟行阻風，宿櫚陂江口〉，至〈舟泊吳江〉，計有十一題十九首詩；第二部分是楊萬里居官毗陵所作，起自〈七月十四日雨後，毗陵郡圃荷橋上納涼〉，終於〈上印有日，代者未至〉，計有三百一十四題四百七十三首詩。在毗陵任官的一年又十一個月裡，楊萬里的詩與之前相比有了很大的變化，以自然風物為題材的詩增多了，摹寫的語氣也比過去顯得直白。著重動態的寫生筆法，讓他的詩如攝影之快鏡，總是能捕捉物象動的瞬間。錢鍾書先生認為楊萬里「創闢了一種新鮮潑辣的寫法」，〔註1〕在《荊溪集》裡，確實能反映出誠齋詩活潑生動、節奏明快的一面。

第一節 《荊溪集》的創作環境

楊萬里到任毗陵所賦的第一首詩，是〈七月十四日雨後，毗陵郡圃荷橋上納涼〉。詩云：

荷葉迎風聽，荷花過雨看。移床橋上坐，墮我鏡中寒。〔註2〕

〔註1〕錢鍾書，《宋詩選注》，頁252。

〔註2〕楊萬里，〈七月十四日雨後，毗陵郡圃荷橋上納涼〉，《楊萬里集箋校》，卷8，頁451。

這首五言絕句的描寫範圍，是毗陵郡圃的荷橋。《荊溪集》描寫郡圃景色的詩很多，〈荊溪集序〉云：「自此每過午，吏散庭空，即攜一便面，步後園，登古城，採擷杞菊，攀翻花竹」，誠齋所言的「後園」，很可能就是毗陵郡圃。

什麼是「郡圃」？侯迺慧《唐宋時期的公園文化》的解釋是：

> 唐宋時期公園已普遍地深入一般人的生活之中，其最典型的例證之一便是在各級地方政府的辦公單位所在地以及地方官吏的宿舍內，大多都造設有廣大的園林，並且開放給民眾參觀遊賞。這樣的公園，不管是州、郡或縣均有，唐代習稱為郡齋或縣齋，宋代則習稱為郡圃或縣圃。〔註3〕

侯氏舉出韓琦《安陽集·卷二一定州眾春園記》載：「天下郡縣，無遠邇大小，位署之外，必有園池臺榭觀游之所，以通四時之樂」，證明郡圃是普遍地存在宋代每一個郡縣之中。我們考察宋詩，梅堯臣有〈泗州郡圃四照堂〉，宋庠有〈郡圃洗心亭宴坐對春物〉，張耒有〈醉郡圃二首〉，陸游有〈休日行郡圃〉、〈入城至郡圃及諸家園亭遊人甚盛〉，范成大有〈桐川郡圃梅極盛，皆圍抱高木，浙中無有〉、〈清江台在臨江郡圃西岡上，張安國題榜〉、〈秭歸郡圃絕句二首〉等，可知遊覽郡圃也是宋代文人常見的活動。

事實上，中國園林文化發展到宋代已經具有一定的規模，張家驥《中國造園史》指出：「『郁郁乎文哉』的宋代，不但是繪畫藝術中山水畫的成熟與高度發展時代，也是造園藝術中模寫山水達到最高水平與最佳狀態的時代。」〔註4〕除了隸屬官方的公共園林（如郡圃），私人園林亦所在多有，比方北宋司馬光的獨樂園、蘇舜欽的滄浪亭、林逋位於孤山的山園，南宋韓侂胄的南園、賈似道的集芳園、張鎡的南湖園等，都是文人自在優游的私人天地。楊萬里任臨安府教授時，曾

〔註3〕侯迺慧，《唐宋時期的公園文化》（台北：東大圖書公司，1997年），頁139。

〔註4〕張家驥，《中國造園史》（黑龍江：人民文學出版社，1986年），頁117。

造訪林逋故居，賦有〈同岳大用甫撫幹雪後游西湖，早飯顯明寺，步至四聖觀，訪林和靖故居，觀鶴聽琴，得四絕句。時去除夕二日〉，詩云：「未辦寒泉薦秋菊，且將瘦句了梅花」，「淨閣虛廊人寂寂，鶴聲斷處忽琴聲」，〔註5〕對林逋梅妻鶴子、孤絕隱居的事蹟，表達了無盡的哀思追慕之情。此外，〈休日晚步二絕〉云：「未須急訪社中狂，且到西園探海棠」，〔註6〕以及〈和仲良催看黃才叔秀才南園牡丹〉〔註7〕與〈雨裡問訊張定叟通判西園杏花二首〉〔註8〕等，都是楊萬里遊歷名園、觀景賞花時所賦之詩。

不單是自然景物，中國的園林文化還包含了齋、庵、堂等人文建築。像是司馬光的獨樂園裡有讀書堂、弄水軒、釣魚庵、種竹齋，周必大的平園有蜀錦堂、玉和堂，范成大的石湖園有農圃堂、北山堂，還有陳與義的簡齋、朱熹的晦庵等，都是結合自然與人文景觀的園林建築。楊萬里在故鄉江西吉水也置有自己的園林，〈釣雪舟倦睡〉詩前小序云：「予作一小齋，狀似舟，名以釣雪舟。」〔註9〕他賦有〈幽居三詠〉，從三詠的詩題來看，楊萬里的園林裡除了釣雪舟，尚有雪臥庵與誠齋等建築，而從「芙蕖和蕊落幽香」、〔註10〕「眠雲巖石，聽澗松之清吹」〔註11〕等句，我們也能略窺誠齋園林的清幽景緻。楊萬里晚年退休歸里，自闢東園，終日盤桓其中，優游自得。閑適的生活，讓他更加用心經營園圃生活。根據道光《吉水縣志》卷十七記載：

〔註5〕楊萬里，〈同岳大用甫撫幹雪後游西湖，早飯顯明寺，步至四聖觀，訪林和靖故居，觀鶴聽琴，得四絕句。時去除夕二日〉，《楊萬里集箋校》，卷2，頁105。

〔註6〕楊萬里，〈休日晚步二絕〉，《楊萬里集箋校》，卷5，頁179。

〔註7〕楊萬里，〈和仲良催看黃才叔秀才南園牡丹〉，《楊萬里集箋校》，卷1，頁41。

〔註8〕楊萬里，〈雨裡問訊張定叟通判西園杏花二首〉，《楊萬里集箋校》，卷6，頁366。

〔註9〕楊萬里，〈釣雪舟倦睡〉，《楊萬里集箋校》，卷7，頁396。

〔註10〕楊萬里，〈極暑題釣雪〉，《楊萬里集箋校》，卷7，頁412。

〔註11〕楊萬里，〈回太和卓宰庚申年賀年送酒啟〉，《楊萬里集箋校》，卷58，頁2586。

「東園，宋楊文節公萬里所營。地在東山下，內開九徑，江梅海棠桃李橘杏紅梅碧桃芙蓉九種花木各植一徑，名曰三三徑。有萬花川谷，小齋狀似舟，名曰釣雪舟，又有雪臥庵。」可知楊萬里是在原有的規模下拓展新地。東園不但是楊萬里退休生活的重心，也是《退休集》裡重要的主題。因此在研究誠齋詩時，園林文化應是考量其創作背景的一項課題。

　　金學智在《中國園林美學》中以「園林情調」作為宋詞和唐詩的區別之一，並進一步指出宋詩中有些作品也有相當濃的園林情調，他表示宋詩中寫景作品的園林情調，「與其說是受了宋詞的同化，還不如說是取決於宋代宅園數量之多，園林美的普及面之廣。」〔註12〕金氏的考察，回應了宋代文人、詩作與園林三者間的緊密關係，史彌寧《友林乙稿‧林園》即云：「情知天也眷詩人，借與林園別樣春」，方岳〈山中〉詩亦云：「茅葺山堂竹打籬，尚餘老鶴共襟期。一生朝市幾何日，五畝園林都是詩」，〔註13〕不論是鄰近市井，或是遠離塵囂，文人盤桓園林，不但能暫且舒緩情緒，也能於其中領略造物之美，進而觸動創作的興趣。楊萬里在赴任毗陵之前，其實已經體驗到自然風物對創作靈感的啟發，他嘗言：「詩人元自懶，物色故相撩」、〔註14〕「江山豈無意，邀我覓新詩」，〔註15〕寫詩是詩人不得不對大自然殷切召喚的回應。正如《文心雕龍‧物色》贊曰：「山沓水匝，樹雜雲合。目既往還，心亦吐納。春日遲遲，秋風颯颯。情往似贈，興來如答」，楊萬里也漸漸了解到創作並不必然是在書堆當中才能完成，「滿路春光總是題」、〔註16〕「春色撩人又成句」，〔註17〕自然的美景有時

〔註12〕金學智，《中國園林美學》（江蘇：文藝出版社，1990 年），頁 39。
〔註13〕方岳，〈山中〉其二，《秋崖集》（台北：商務印書館，1983 年景印文淵閣四庫全書），卷 9，頁 4。
〔註14〕楊萬里，〈春日六絕句〉其三，《楊萬里集箋校》，卷 5，頁 286。
〔註15〕楊萬里，〈豐山小憩〉，《楊萬里集箋校》，卷 5，頁 295。
〔註16〕楊萬里，〈送文鸙主簿叔之官松溪〉，《楊萬里集箋校》，卷 5，頁 278。
〔註17〕楊萬里，〈長句寄周舍人子充〉，《楊萬里集箋校》，卷 6，頁 314。

也能激起詩興，那麼創作又何必閉門覓句、拈鬚苦吟呢？

　　淳熙丁酉夏，楊萬里正式到任毗陵，開始他一年又十一個月的郡守職務，並將這段時間的創作編成《荊溪集》。根據辛更儒先生在《楊萬里集箋校》中對地理的考證，我們可以想見楊萬里日常生活的環境：毗陵郡有內、外城，郡治在內城，楊萬里公事畢，「步後園」，郡圃其內有大池，池中有蓮荷，池上有橋（荷橋），還有臥治齋、懷古堂等建築。一年四季，郡圃有不同的植栽，呈現多樣的風貌。有時楊萬里也「登古城」，外城上有淨遠亭，內城的西北隅有多稼亭；往東走，還有當時毗陵著名的翟園。楊萬里像是個畫家，把每日所見郡內景色饒富趣味地描繪出來，但卻鮮少帶有個人的情志。以如此有限的範圍，創作出近五百首詩，宋代園林文化對詩人的影響，實在是我們研究《荊溪集》時不可忽略的背景因素。

第二節　《荊溪集》物象關係的安排與意義

　　淳熙四年（1177）夏初，楊萬里離開故鄉吉水，出守毗陵。四月十日，舟行遇到阻風，泊宿椆陂江口。有詩云：

　　　蟲聲兩岸不堪聞，把燭銷愁且一尊。誰宿此船愁似我，船篷猶帶燭煙痕。

　　　千里江行一日程，出山似被北風嗔。東窗水影西窗月，併照船中不睡人。〔註18〕

兩首詩的開頭，化用了李白〈早發白帝城〉：「千里江陵一日還」、「兩岸猿聲啼不住」的句子，不過李白是順風而行，所以「輕舟已過萬重山」，而楊萬里卻遇到逆風，只得停泊留宿。誠齋這兩首詩運用了兩種不同的視角，前一首詩以「我」的角度，與燭光可以照亮的範圍，把視線圈限在船中，利用空間的壓迫感加重夜宿異地的苦悶情緒；後一首詩則剛好相反，主體模糊了，描寫的空間無限開展，巨大的空間

〔註18〕楊萬里，〈丁酉四月十日，之官毗陵，舟行阻風，椆陂江口〉，《楊萬里集箋校》，卷8，頁441。

一片黑暗，只有水影與月的光線，以平行和垂直的角度交會，而其交
會處剛好是船中不睡人。這樣的寫法，類似劇場聚光燈的效果，正凸
顯出夜泊的孤獨感。再看〈舟次西徑〉：

　　夜來徐汊伴鷗眠，西徑晨炊小泊船。蘆荻漸多人漸少，鄱
　　陽湖尾水如天。〔註19〕

這首詩描述從夜到晨，從徐汊到西徑的一段水路歷程。在這段路程
裡，楊萬里見到的景色漸次改變，自然景觀逐漸取代人文痕跡，最後
結束於一片浩渺的鄱陽湖景。觀察楊萬里在這首詩裡對空間的安排，
他試圖由線到面，把眼前的景色隨水路到湖面漸層推衍。筆調的色彩
也隨人文到自然的改變逐漸轉淡，使這片景色成為平面的無限擴展。
最終他把鄱陽湖尾與天相連，使原來的平面旋即又變成三維空間，湖
尾水天一色，更顯廣袤無垠。再看〈壩上書事〉：

　　十里長壩展碧漪，波痕只去不曾歸。鷺鷥已飽渾無幹，獨
　　立朝陽理雪衣。〔註20〕

這首詩先以碧漪波痕的開展，構成寬闊無邊的面，再以鷺鷥垂直獨立
其上整飭羽毛，來展現三維的空間感。而這個空間並不是全然靜止
的，波痕與鷺鷥都是動態的呈顯，使得整個畫面鮮活起來。楊萬里也
善於運用上下、高低關係的安排，來形成詩的空間感，比如：

　　樹捧山煙補缺雲，風揉花雨作香塵。綠楊儘道無情著，何
　　苦垂條拂路人。〔註21〕

這首詩透過樹、山煙、雲，連結成向上的風景，又以風吹花瓣如落雨
飛塵，與地面形成連繫，建構出詩的整體空間，然後將視線轉到路邊
翠綠的楊柳，並且以柳條垂拂路人，形成詩裡第三道的垂直空間關
係。同樣的技法出現在〈秋熱追涼池上〉：「萍根微著水，荷葉欲穿橋」
〔註22〕一聯，以向下著根的浮萍與水聯繫，再以向上伸長的荷葉與橋

〔註19〕楊萬里，〈舟次西徑〉，《楊萬里集箋校》，卷8，頁442。
〔註20〕楊萬里，〈壩上書事〉，《楊萬里集箋校》，卷11，頁574。
〔註21〕楊萬里，〈宿小沙溪〉其一，《楊萬里集箋校》，卷8，頁443。
〔註22〕楊萬里，〈秋熱追涼池上〉，《楊萬里集箋校》，卷8，頁452。

牽連，不但構成空間的上下關係，也由荷葉與浮萍形成池面的高低風景。誠齋又賦有〈荷橋〉，詩云：「橋壓荷梢過，花圍橋外饒」，〔註23〕同樣表現了三維的空間感，這個景象很像莫內筆下的「日本橋」，不過楊萬里用「壓」、「圍」二字，使橋與荷更加緊密交織。〈荷橋〉詩的「橋壓荷梢過」，與〈秋熱追涼池上〉的「荷葉欲穿橋」，還能展現出擬人相互較勁的趣味，更顯生氣勃勃。

　　另外，視線的變換，也是楊萬里常用來營造空間的方法，我們以兩首詩為例：

> 人家兩岸柳陰邊，出得門來便入船。不是全無最佳處，何窗何戶不清妍。〔註24〕

> 深於池沼淺於河，動地風來也不波。只道東來行役苦，胡床面面是菱荷。〔註25〕

第一首詩的前一聯視野由外向裡，描寫柳邊的水岸人家，出門便以船為交通工具的生活型態；後一聯則從裡向外，描繪出這些水岸人家的窗與戶，都因門外的水路而有了清妍的風景。第二首詩的前一聯近距離描寫舟困於溪中，即使大風吹來也不動，營造出懸疑的氣氛；然後再將視線拉遠，揭曉舟不動的原因，是溪中到處都是菱荷。誠齋〈三月十日〉詩云：「遠草將人雙眼去，飛花引蝶過墻來」，〔註26〕透過誠齋的詩筆，讀者的視野也同樣被他所引導著。清代吳仰賢《小匏庵詩話》引楊萬里〈苦熱登多稼亭〉：「鷗邊野水水邊屋，城外平林林外山」〔註27〕二句，認為「此種句法皆由獨造」，今天我們看這一聯句子，也能證明它是利用物象間的聯繫關係來構成空間綿延的方式。與之類似的詩句，尚有〈七月二十五日曉登多稼亭〉：「風將煙雨入亭寒，城

〔註23〕楊萬里，〈荷橋〉，《楊萬里集箋校》，卷10，頁524。
〔註24〕楊萬里，〈舟過德清〉，《楊萬里集箋校》，卷8，頁448。
〔註25〕楊萬里，〈苕溪登舟〉，《楊萬里集箋校》，卷8，頁448。
〔註26〕楊萬里，〈三月十日〉，《楊萬里集箋校》，卷9，頁488。
〔註27〕〔清〕吳仰賢，《小匏庵詩話》（上海：上海古籍出版社，2002年），卷1，頁110。

引山林拓眼寬」，〔註28〕誠齋引領讀者的視線從多稼亭往外擴展到整個城區，然後再連接到山林，有趣的是，誠齋以一「引」字，使物象的排列關係突然轉向，所有的景色縣貫一氣，讓觀賞者盡收眼底。透過文字的排列，詩也能逐步引導讀者進入詩人的思索空間。比方楊萬里的〈新柳〉：

> 柳條百尺拂銀塘，且莫深青只淺黃。未必柳條能蘸水，水
> 中柳影引他長。〔註29〕

在這首詩裡，楊萬里從大範圍的池塘與柳條，逐漸縮小視線到柳條接觸水面處，然後放大畫面，表示岸邊的垂柳其實並未觸及池面，而是水中的倒影使人在視覺上以爲柳條垂拂著池塘，從而表現物之實體與倒影間所形成的錯覺效果。也就是說，楊萬里的詩不但呈現了一幅景象，他還在詩裡引領我們觀察的步驟和方向。這種以物象的聯繫關係來構成空間、引導讀者的詩，還有這首〈晝倦〉：

> 愛日曛人欲睡昏，自勻嫩火炷爐薰。蜘蛛已去惟存網，猶
> 冒窗間一隻蚊。〔註30〕

這首詩先營造出一個愛日曛曛、火爐薰薰，使人昏昏欲睡的空間環境，然後隨著氤氳的薰煙而上，讀者看到的是一張蛛網，網著一隻蚊子。它一樣是延伸的視野，也引領著讀者從大環境逐漸聚焦到小生物上，但這首詩呈現的是一個由不甚明顯的動態（自勻嫩火炷爐薰）趨於完全靜態的畫面，並且「保證」了這片安靜不會被打擾：因爲蜘蛛已去，於是整首詩完全與詩題契合無間。

　　楊萬里的〈晝倦〉，不但聯繫與物間的關係，構築出空間，甚至也暗示著透過物與物關係的繫連，還能創造出「氛圍」。且看〈書齋夜坐〉：

〔註28〕楊萬里，〈七月二十五日曉登多稼亭〉，《楊萬里集箋校》，卷 10，頁 532。

〔註29〕楊萬里，〈新柳〉，《楊萬里集箋校》，卷 8，頁 475。

〔註30〕楊萬里，〈晝倦〉，《楊萬里集箋校》，卷 11，頁 572。

　　裴几吹燈丈室虛，隔窗雨點響堦除。胡床枕手昏昏著，臥
　　聽兒童讀漢書。

　　酒力欺人正作眠，夢中得句忽醒然。寒生更點當當裏，雨
　　在梅花簌簌邊。〔註31〕

這首詩描寫雨夜中，詩人聽著雨聲和孩童朗朗的讀書聲，不知不覺睡
著。倏忽而來的靈感，使詩人由醉而醒。他沒有告訴我們夢中所得之
句究竟爲何，只提供了初醒時的情境：隨著打更的當當聲，夜愈深、
天愈冷，雨聲簌簌，細細拍打著梅花。以聲音來表達下著雨的寒夜，
是這首詩的第一層意義。再深一層，可以看到物象彼此間形成的關
係：寒與更聲、雨與梅花、以及詩人與整個環境，它要傳達的是一種
獲得靈感的喜悅，這種喜悅讓詩人在下著雨的寒夜醒著，他能聽見當
當的打更聲，還能聽見雨打在梅花邊上的簌簌聲，而兩者正交織成「天
籟」。此時，夢中所得之句相形無足輕重了，因爲寒夜、更聲、雨聲、
梅花與詩人，主客的界線已然模糊，物象原來的對比性（自然／人
文、感覺／視覺）不再清楚，一切統合在聽覺的感應下，成爲整體的
呈現。

　　〈淨遠亭午望〉，是楊萬里的利用物象間的聯繫，來表達人與自
然關係的另一種方式：

　　城外春光染遠山，池中嫩水漲微瀾。回身小築深簷裏，野
　　鴨雙浮欲近欄。〔註32〕

這首詩的觀察重點在遠近、動靜、進退與主客的變動關係：城外的遠
山是背景，雖然爲春光所「染」，但它是靜態的，以對映出眼前池水
的微波盪漾。楊萬里很喜歡用「嫩」字來表達物象初起、還會繼續發
展的狀態，這個筆法很可能是受到王安石的影響。〔註33〕在《荊溪集》

〔註31〕楊萬里，〈書齋夜坐〉，《楊萬里集箋校》，卷8，頁471。
〔註32〕楊萬里，〈淨遠亭午望〉，《楊萬里集箋校》，卷8，頁467。
〔註33〕比方王安石〈崇政殿詳定幕次偶題〉云：「嬌雲漠漠護層軒，嫩水濺
　　　濺不見源。」〈至開元僧舍上方次韻舍弟〉云：「溪谷濺濺嫩水通，
　　　野田高下綠蒙茸。」〈次韻春日即事〉云：「潺潺嫩水生幽谷，漠漠

裡，尚有雨後「嫩晴」、〔註34〕中秋時節覺「嫩寒」、〔註35〕雪晴天色「嫩綠」。〔註36〕此處的「嫩水」更是春天生機勃發的展現，「漲」字描繪出池水微微湧動的樣態，讓這首詩呈現出動態的、生意盎然的基調。持續著動態的描摹，楊萬里以人回身轉入小築深檐與野鴨雙浮近欄來表現一退一進的空間變化，也表達人逐漸淡出於詩境，而野鴨則逐漸清晰，成爲整首詩最終關注的焦點。再看這首〈池亭雙樹梅花〉：

> 開盡梅花半欲殘，兩株晴雪作雙寒。團欒遠樹元無見，只
> 合池亭隔水看。〔註37〕

這首詩表達了一種保持距離的欣賞態度。如果我們把它比喻成一幅畫，那麼這幅畫應該是以從池亭觀望出去的視野爲框架。在這幅畫中，詩人可以不必出現，他反倒像是與讀者站在同一個位置，引導讀者欣賞雙樹梅花的最佳方位。嚴格說來，在〈池亭雙樹梅花〉詩裡，我們還是能指出人所在的位置，而下列兩首詩，人就眞正「隱沒」了：

> 黯黯輕寒淡淡陰，遊人便覺減行春。春風也解嫌蕭索，自
> 送鞦韆不要人。〔註38〕

> 正是春光最盛時，桃花枝映李花枝。鞦韆日暮人歸盡，只
> 有春風弄彩旗。〔註39〕

在這兩首詩裡，人完全淡化了，主角是看不見的春風。楊萬里藉由擺

輕煙動遠林。」又〈春風〉云：「日借嫩黃初著柳，雨催新綠稍歸田。」
都是以「嫩」來形容春景。
〔註34〕楊萬里，〈宿小沙溪〉：「諸峰知我厭泥行，捲盡癡雲放嫩晴。不分竹
梢含宿雨，時將殘點滴寒聲。」見《楊萬里集箋校》，卷8，頁443。
〔註35〕楊萬里，〈中秋無月，至十七日曉晴〉：「劣到中秋雲便興，中秋過了
卻成晴。霧橫平野村村白，日上疏林葉葉明。歲事不應如許早，朝
來已覺嫩寒生。春吟不似秋吟好，覓句新來分外清。」見《楊萬里
集箋校》，卷10，頁534。
〔註36〕楊萬里，〈雪晴〉：「銀色三千界，瑤林一萬重。新晴天嫩綠，落照雪
輕紅。兒劣敲冰柱，身清墮蕊宮。何須師鮑謝？詩在玉虛中。」見
《楊萬里集箋校》，卷11，頁586。
〔註37〕楊萬里，〈池亭雙樹梅花〉，《楊萬里集箋校》，卷8，頁467。
〔註38〕楊萬里，〈曉寒〉，《楊萬里集箋校》，卷8，頁483。
〔註39〕楊萬里，〈上巳〉，《楊萬里集箋校》，卷9，頁485。

盪的鞦韆與飄揚的彩旗來顯現春風，一方面寓無形於有形，另一方面也暗示了人文與自然的主客易位。

人與自然的關係，除了前述的界線模糊、主客易位之外，楊萬里還有其他的表現方式。〈檜徑曉步〉一詩就是人與自然主客等齊的代表：

> 雨歇林間涼自生，風穿徑裏曉踰清。意行偶到無人處，驚起山禽我亦驚。〔註40〕

這首詩前三句很清楚是以詩人為主體，他獨自步行在晨曉雨後的林間小徑，一切顯得如此平靜。當平靜的氛圍達到最高峰，以為天地間惟我一人時，最後一句突然出現轉折，主體的人驚起了客體的鳥，而客體的鳥也同時反驚主體的人。驚的動作打破了原來的平靜狀態，主體從前面對自然的主宰（主動欣賞自然）突然變成被自然主宰（被動為山禽所驚），這樣的改變也讓整首詩的律動出現由緩起突然直落的變化。有趣的是，不論是人是鳥，是主是客，結果都是一驚，在這一驚當中主客瞬間地位齊平，人與自然交互影響的關係表露無遺。

另一個有趣的例子是〈寒雀〉：

> 百千寒雀下空庭，小集梅梢話晚晴。特地作團喧殺我，忽然驚散寂無聲。〔註41〕

這首詩透過視覺與聽覺，描述一段很短的時間裡，詩歌主體的位移變化：先是千百隻嘰嘰喳喳的寒雀，飛下原本寂靜的空庭，然後焦點轉到被喧擾的主角「我」，接著一個不明確的對象驚散了寒雀，一切又復歸空庭原有的寂靜無聲。這樣的描述方式使寒雀從主體讓位給「我」，而這個「我」卻因為一個莫名的「忽然」，變成與驚散的寒雀相等的存在。在這首詩裡，寒雀不僅啣起了這一連串敘述層層推演的線頭，經由它們飛下空庭、喧囂梅梢與忽然驚散種種動作的變化，使詩人與讀者的視覺、聽覺都出現轉變，進而引發懸疑與猜想。這首詩

〔註40〕楊萬里，〈檜徑曉步〉，《楊萬里集箋校》，卷10，頁528。
〔註41〕楊萬里，〈寒雀〉，《楊萬里集箋校》，卷11，頁589。

另一個有趣之處，在於它所描述的空間，是由全然的空寂，到熱鬧喧騰，再回復到全然空寂的狀態，其中意味饒富理趣。我們再看這首楊萬里遊翟園所得之詩：

> 鹿葱舊種菊新栽，幽徑深行忘卻回。忽有野香尋不得，蘭
> 於石背一花開。〔註42〕

翟園的鹿葱與菊，一新一舊，都是人所栽種。詩人循著這段由蓊鬱的植物形成的幽徑前行，突然聞到一陣「野香」，遍尋之下，才在石背處發現一株幽蘭獨自開放著。這首詩讓我們聯想到王維的〈辛夷塢〉：「木末芙蓉花，山中發紅萼。澗戶寂無人，紛紛開且落。」芙蓉的開與落，無關乎人世，展現了天地的大美，與萬物自然運行的生生之道。而誠齋筆下的這株幽蘭，在人跡罕至的幽徑中獨自散發出野香，也同樣依順著天地萬物的生與滅。所不同的是，在〈辛夷塢〉裡，王維全然不涉入詩中，構成了禪那的意境；誠齋此詩卻是描述自己無意的闖入，見證了呈顯於幽蘭的整個宇宙生命。從這個角度來看，誠齋詩中的人與物並不必然分裂為對等的主客關係，物不只是用以抒情、言志的寄託對象，物可以回歸到它的本身，與人同為「萬物」。

　　也因此，當我們看到誠齋以擬人法來寫物時，除了趣味，還能感受到他看待物時的親密感：

> 梅兄衝雪來相見，雪片滿鬚仍滿面。一生梅瘦今卻肥，是
> 雪是梅渾不辨。喚來燈下細看渠，不知真箇有雪無。只見
> 玉顏流汗珠，汗珠滿面滴到鬚。〔註43〕

以男性的姿態來摹寫帶雪之梅，在中國古典詩裡實不多見，加上他把雪折梅的情景幻寫為梅衝雪來見，也不同於過去詩人對雪中梅的靜態描寫，從這一點上我們能看出楊萬里衝破傳統的企圖心。另一方面，誠齋寫自然之物時，常常把自己放在相對被動的位置上，這

〔註42〕楊萬里，〈寒食相將諸子遊翟園得十詩〉其二，《楊萬里集箋校》，卷9，頁487。
〔註43〕楊萬里，〈燭下和雪折梅〉，《楊萬里集箋校》，卷12，頁626。

一點也讓我們想起王安石的「兩山排闥送青來」。比方〈燭下和雪折梅〉，開頭就直書「梅兄衝雪來相見」，自己則是被見者；又比方〈曉坐臥治齋〉：「日上東窗無箇事，送將梅影索人看」，〔註44〕與〈春夢紛紜〉：「詩興頻遭白雨催」，〔註45〕似乎是日照梅影、紛紛白雨促使詩人不得不創作。錢鍾書《談藝錄》即云：「楊誠齋言得句，幾如自獻不待招，隨手即可拈者。」〔註46〕而面對自然的召喚，楊萬里也展現了熱切的回應。〈暮立荷橋〉詩云：「欲問紅蕖幾箇開，忽驚浴罷夕陽催。也知今夕來差晚，猶勝窮忙不到來。」〔註47〕〈新柳〉詩云：「輦路金絲半欲垂，外間玉爪未渠開。一林柳色休多憶，更趁春風看一回。」〔註48〕自然風物的招引，詩人總是盡力及時親臨，生怕「無數菊苗齊老去」，〔註49〕辜負了自然風物的熱情，也錯過了欣賞自然最美好的時光。

正如楊萬里在〈荊溪集序〉所言：「萬象畢來，獻予詩材」，詩人成為上天贈予詩材的對象，說明了楊萬里不再為創作所苦。〈寒食雨作〉詩云：

> 雙燕衝簾報禁煙，喚驚晝夢聳詩肩。晚寒政與花為地，曉雨能令水作天。桃李海棠聊病眼，清明寒食又來年。老來不辦琱新句，報答風光且一篇。〔註50〕

衝簾的雙燕，喚醒了詩人的詩興，讓他不得不將送入眼簾的落花、曉雨、桃李海棠等自然景物，寫成詩篇，因為「報答風光只有詩」。〔註51〕我們甚至可以說，詩是楊萬里反饋自然景物之禮，就像《文心雕

〔註44〕楊萬里，〈曉坐臥治齋〉，《楊萬里集箋校》，卷10，頁549。
〔註45〕楊萬里，〈春夢紛紜〉，《楊萬里集箋校》，卷8，頁460。
〔註46〕錢鍾書，《談藝錄》增訂本（台北：書林出版有限公司，1988年），頁455。
〔註47〕楊萬里，〈暮立荷橋〉，《楊萬里集箋校》，卷8，頁452。
〔註48〕楊萬里，〈新柳〉，《楊萬里集箋校》，卷8，頁462。
〔註49〕楊萬里，〈雨後行郡圃〉，《楊萬里集箋校》，卷9，頁495。
〔註50〕楊萬里，〈寒食雨作〉，《楊萬里集箋校》，卷9，頁486。
〔註51〕楊萬里，〈多稼亭前兩株梅盛開〉，《楊萬里集箋校》，卷12，頁613。

龍・物色》贊曰：「山沓水匝，樹雜雲合。目既往還，心亦吐納。春日遲遲，秋風颯颯。情往似贈，興來如答。」景物與詩人，在楊萬里筆下真正為友，其往來關係與人一樣，是有贈有答的。

日本學者小川環樹〈大自然對人類懷好意嗎？——宋詩的擬人法〉一文裡，舉出楊萬里詩「風亦恐吾愁路遠，殷勤隔雨送鐘聲」〔註52〕與「好山萬皺無人見，都被斜陽拈出來」〔註53〕兩聯，表示「讀他的詩，令人不得不感覺到大自然總是對於人類抱有善意的那種心情」，〔註54〕類似的詩句，我們也能在《荊溪集》見到：

老夫掉頭心獨喜，翟園梅花招我嬉。〔註55〕

雨後朝陰到午晴，空齋孤坐納秋清。一蟬也解憐幽寂，柳
外飛來葉底鳴。〔註56〕

到得荊溪鬢盡斑，二年心力不曾閑。如今歸去無餘戀，只
有梅花慘別顏。〔註57〕

第一聯詩，梅花頻頻相招，吸引詩人到翟園一游；第二首詩，寫秋雨過後的午間，詩人孤坐空齋，葉底的鳴蟬，彷彿與詩人惺惺相惜；第三首詩寫於居官荊溪末期，即將歸鄉的前夕，誠齋將梅花之白，擬作友人相別時慘白的容顏，表達了他對這片土地的景物，依依不捨的離情。

到這裡，我們隱約可以感覺到，《荊溪集》以「梅」作為描寫的題材不斷重複出現著。宋人寫梅的詩不少，與誠齋時代相近的陸游，更是著名的愛梅詩人，那麼，楊萬里寫梅有什麼特出之處？

歐純純《陸游與楊萬里詠梅詩較析》歸納陸、楊二者以梅花為題材的詩，將內容分為兩大部分，「一是通體詠梅；一是藉梅寫情。通

〔註52〕楊萬里，〈彥通叔祖約遊雲水寺〉，《楊萬里集箋校》，卷3，頁139。
〔註53〕楊萬里，〈舟過謝潭〉其三，《楊萬里集箋校》，卷15，頁762。
〔註54〕小川環樹，《論中國詩》，頁83。
〔註55〕楊萬里，〈初三日游翟園〉，《楊萬里集箋校》，卷12，頁612。
〔註56〕楊萬里，〈午坐臥治齋〉，《楊萬里集箋校》，卷10，頁525。
〔註57〕楊萬里，〈休日城上〉，《楊萬里集箋校》，卷12，頁633。

體詠梅，主要是描寫梅花的外在形態，如花、枝、香、影等，這多是以摹寫、白描、明喻的手法，將演前所見，鼻子所聞，經過描繪敘述，將梅花情態如實呈現在我們眼前。而藉梅寫情，主要是藉由見到梅花，在內心所引起的種種感觸，並運用梅花所蘊含的引申義，如精神、特質等，將情感寄託其中，或藉梅表達出來。……大體而言，陸游通體詠梅的作品不如藉梅寫情的多；而楊萬里則通體詠梅多於藉梅寫情。」〔註58〕在《荊溪集》裡，楊萬里寫梅，常常是利用其他的自然物來加以襯托。比方〈郡齋梅花〉:「月朵千痕雪半梢，便無雪月更飄蕭。不應臘尾春頭裡，兩歲風光一并饒。」〔註59〕與〈雪後尋梅〉:「去年看梅南溪北，月作主人梅作客。今年看梅荊溪西，玉爲風骨雪爲衣。」〔註60〕雪、月與梅所構成的景象，楊萬里情有獨鍾，他曾在《江湖集》的〈釣雪舟中霜夜望月〉詩中表示:「詩人愛月愛中秋，有人問儂儂掉頭。一年月色只臘裡，雪汁揩磨霜水洗。八荒萬里一青天，碧潭浮出白玉盤。更約梅花作渠伴，中秋不是欠此段。」〔註61〕特別是雪與梅，楊萬里觀察出「梅於雪後較多花」〔註62〕，因此建議「詩人莫作雪前看，雪後精神添一半」。〔註63〕楊萬里筆下的梅花，並非呈現一種凌霜雪的高冷姿態，相反的，誠齋敘述梅與雪時，還曾企圖扭轉他們之間的因果關係:

　　雪與新春作伴回，搗霜爲片電爲埃。只愁雪虐梅無奈，不
　　道梅花領雪來。〔註64〕

新春時分，雪的紛飛與梅的綻放都是自然現象，楊萬里認爲，與其把雪中之梅看作受雪摧殘，還不如轉念一想梅花的開放正預告著春雪的

〔註58〕歐純純，《陸游與楊萬里詠梅詩較析》（台南：漢風出版社，2006年），頁74。

〔註59〕楊萬里，〈郡齋梅花〉，《楊萬里集箋校》，卷8，頁457。

〔註60〕楊萬里，〈雪後尋梅〉，《楊萬里集箋校》，卷8，頁458。

〔註61〕楊萬里，〈釣雪舟中霜夜望月〉，《楊萬里集箋校》，卷7，頁401。

〔註62〕楊萬里，〈雪霽出城〉，《楊萬里集箋校》，卷8，頁459。

〔註63〕同註65。

〔註64〕楊萬里，〈戊戌正月二日雪作〉其一，《楊萬里集箋校》，卷8，頁455。

來臨。然而，當天氣漸暖，春天的東風與小雨，卻很容易便將梅花打落下來。〈二月十四日梅花〉其一云：「小風千點雪，落日一鬖金」，〔註65〕〈風急落梅〉亦云：「梅花已是不勝癯，無賴東風特地粗。狼籍玉英渾不惜，強留嫣蒂與枯鬚。」〔註66〕其實，春風哪裡能多強勁呢？只是時序推演，進入春天，梅也將由盛開而逐漸零落了。誠齋〈多稼亭看梅〉云：「梅花不合太爭春，政盛開時卻惱人。試折一枝輕著手，驚飛萬點撲衣巾。」〔註67〕春天是百花爭艷的季節，但此時的梅花，卻是輕輕一碰，就會瓣瓣飄落。楊萬里還賦有〈梅花下遇小雨〉，詩云：

> 偶來花下聊散策，落英滿地珠為席。繞花百匝不忍歸，生怕幽芳怨孤寂。仰頭欲折一枝斜，自插白鬖明烏紗。傍人勸我不用許，道我滿頭都是花。初來也覺香破鼻，頃之無香亦無味。虛疑黃昏花欲睡，不知被花薰得醉。忽然細雨濕我頭，雨落未落花先愁。三點兩點也不惡，未要打空花片休。〔註68〕

在這首詩裡，梅與詩人是互動的，詩人賞花、愛花之情溢於言表，而梅花也像心有靈犀般報以繽紛的落英與醉人的薰香。因此，當小雨落下，詩人擔憂梅花一剎被打落一空，所傳達出來的意念就不只是詩人的一廂情願。自然風物與詩人是對話著的，這樣的情形，〈雨後曉起問訊梅花〉更能清楚呈現：

> 前日看梅風吹倒，昨日看梅雨霑帽。近梅一日或再來，遠梅隔年纔一到。夜來為梅愁雨聲，挑燈起坐至天明。不知消息平安否？早來問訊還疾走。橫枝雨後轉清妍，玉容洗粧晨更鮮。絕似姑山半峰雪，不羨玉井十丈蓮。十事八九不如意，人生巧蹶天公計。簿書海底白人頭，孤負江南風月秋。憶昔少年命同社，月裏傳觴梅影下。一片花飛落酒中，十分便罰瑠璃鍾。如今老病不飲酒，梅花也合憐衰翁。〔註69〕

〔註65〕楊萬里，〈二月十四日梅花〉，《楊萬里集箋校》，卷8，頁472。
〔註66〕楊萬里，〈風急落梅〉，《楊萬里集箋校》，卷12，頁636。
〔註67〕楊萬里，〈多稼亭看梅〉其二，《楊萬里集箋校》，卷12，頁633。
〔註68〕楊萬里，〈梅花下遇小雨〉，《楊萬里集箋校》，卷12，頁614。
〔註69〕楊萬里，〈雨後曉起問訊梅花〉，《楊萬里集箋校》，卷12，頁618。

在這首詩裡，楊萬里先描寫了三日當中梅花歷經風雨的情形，與詩人
內心的輾轉反側，然後再娓娓道出詩人與梅之間深厚情誼的因緣。梅
是詩人無聲的朋友，它伴隨著詩人走過月裡傳觴的年少輕狂，直到如
今，它也像是體貼著詩人的老與病，仍然不離不棄。是故，三日來的
風雨，讓詩人在夜裡不能好眠，他像是急切關心著飄搖中的老友，再
三探詢，只爲獲悉是否平安無恙。一旦知道雨後梅花安好，而且因雨
而更加清麗了，詩人一方面喜不自勝，另一方面又不禁自責礙於公
務，無法時時造訪，辜負一片美好風月。

　　無聲的梅花，以它各種不同的姿態，與詩人交流著，〈禱雨報恩，
因到翟園〉其三云：「遶亭怪石小山幽，夾徑低枝壓客頭。幸自一來
惟不早，梅花滿地訴春愁。」〔註70〕在誠齋眼裡，梅花傾訴的，不只
是春天花落，它也嗔怪著詩人的來遲。楊萬里筆下的梅，伴隨著他度
過居官毗陵的兩個冬季。當他看到懷古堂前小梅再度花開，不禁慨歎
時光的倏忽而過：

> 絕艷元非著粉圍，眞香亦不在鬚端。何曾天上冰玉質？卻
> 怕人間霜雪寒。枝似去年仍轉瘦，花於來歲定誰看？老夫
> 官滿梅應熟，齒軟猶禁半點酸。
>
> 揀得踈花折得回，銀瓶冰水養教開。忽然燈下數枝影，喚
> 作窗間一樹梅。歲律又殘還見此，我頭自白不須催。相看
> 姑置人間事，嚼玉餐香嚥一盃。〔註71〕

「年年歲歲花相似，歲歲年年人不同」，懷古堂前的梅樹，隨順著時
序年年開落，也見證了新舊郡守的更迭。楊萬里在此雖然爲時光匆匆
而感歎，但更多的是對即將告別梅友而依依不捨。他不知道明年此
時，堂前的小梅，是不是還能受到如自己一般的關注？惱人的俗務，
詩人身不由己，他只能與梅對飲，姑且忘卻人間事。

〔註70〕楊萬里，〈禱雨報恩，因到翟園〉，《楊萬里集箋校》，卷8，頁476。
〔註71〕楊萬里，〈懷古堂前小梅漸開〉其三、其四，《楊萬里集箋校》，卷
　　　　11，頁582。

　　楊萬里對梅的癡戀，在《荊溪集》裡不時可見。任官期滿，即將歸鄉，楊萬里還謂：「有酒如澠誰伴翁？玉雪對飲惟渠儂。翁欲還家即明發，更爲梅兄留一月。」〔註72〕那麼，沉醉於自然之物的楊萬里，是不是也萌生過退隱之心呢？

　　事實上，楊萬里居官毗陵時已是知天命之年了，對於「北使纔歸南使來，前船未送後船催」〔註73〕這樣送往迎來、庶務繁瑣的縣丞工作，實非他年少時壯志所歸。當他吃著老菱，不禁慨歎：

　　　　幸自江湖可避人，懷珠韞玉冷無塵。何須抵死露頭角，菥
　　　　葉荷花老此身。〔註74〕

楊萬里以兩頭尖峭、中心白潤的菱角，比喻自己在仕途上奮力表現，卻懷才不遇的景況，他羨慕水生的菱角還有江湖可以容身，還有荷花菥葉相伴終老，也思量自己是不是該像菱角一樣，退隱山林，離開名利場。而離鄉背井的工作環境，更是讓他興起不如歸去之歎：「夜夜還鄉夢，心心逐雁飛。誰言五斗米，便勝北山薇？」〔註75〕最終經濟的壓力，迫使楊萬里還是選擇留在官場上繼續努力，而身邊的自然景物，很可能成爲他心靈的慰藉。誠齋有詩云：

　　　　度暑過於歲，初涼別是天。獨穿秋露草，來看曉風蓮。病
　　　　骨殊輕甚，幽襟一灑然。不妨聊吏隱，何必更林泉？〔註76〕

夏末初秋之晨，詩人獨自穿過露濕的草徑，來看曉風中的蓮花。稍稍病癒的身體，在晨風中亦顯衣襟灑然。清晨無人的此刻，郡治中的懷古堂，其實與遠離塵囂的山林一樣，姑且可以寬慰爲俗務所抑鬱的情志。正如陶淵明的「心遠地自偏」，如果能抱持這樣的態度，也就能大隱於市了。因此，在《荊溪集》裡，我們不斷看到詩人冬日徘徊於

〔註72〕楊萬里，〈郡治燕堂庭中梅花〉，《楊萬里集箋校》，卷12，頁616。
〔註73〕楊萬里，〈郡中上元燈減舊例三之二，而又迎送使客〉其二，《楊萬里集箋校》，卷12，頁627。
〔註74〕楊萬里，〈食老菱有感〉，《楊萬里集箋校》，卷10，頁535。
〔註75〕楊萬里，〈郡圃雪霽，便有春意〉，《楊萬里集箋校》，卷12，頁603。
〔註76〕楊萬里，〈曉登懷古堂〉，《楊萬里集箋校》，卷10，頁523。

梅前，夏日流連在荷橋邊的身影。他把滿腔的情感，全部投注在毗陵郡內有限的自然風物，細細觀察，加以描摹。而他也從中獲得自然的回報，體驗著超越人間、生命流轉的喜悅。當他回憶起這段過往，爲《荊溪集》作序時云：「蓋詩人之病，去體將有日矣！方是時，不惟未覺作詩之難，亦未覺作州之難也。」由此我們可以知道，楊萬里到荊溪之後的轉變，不但改變了他的創作方式，解除了創作的困境，實際上也影響了誠齋爲官與處世的心態，讓他在宦海浮沉之中，得以在園林景物的安慰下，暫且獲得心靈的小憩。

從物象間平行與垂直的關係，與利用視角的轉換來構成畫面的開展，創造氛圍，到以物象的連結來表現人與自然平等的觀念，楊萬里《荊溪集》確實開闢了中國傳統詩歌寫物的新天地。雖然這一篇篇的詩並非託物言志或抒情，但整體看來《荊溪集》卻反映了楊萬里創作當時的心境。他與自然爲友，以所見物象爲題材，不停地摹寫創作，其實仍是身心暫時安頓的一種表現。

第三節　《荊溪集》物象動態的描摹與生命樣態的展現

楊萬里對於自然物的喜愛，同樣也表現在他對物的仔細觀察上。比方這首〈雪霽出城〉：

> 梅於雪後較多花，草亦晴初忽幾芽。河凍落痕餘一寸，殘冰閣在柳根沙。〔註77〕

這首詩是楊萬里寫初春雪霽，出城途中所見。然而他記錄的，都是細小的範圍：雪後梅樹開花較雪前多，小草也因雪晴而發出嫩芽；原本因結凍而漲高的水位線，現在因氣溫升高而融化下降，留下寸許的痕跡；而岸邊柳樹根處，還殘存著尚未融盡的冰。我們很難說楊萬里「構成」了一幅初春的風景，因爲這些描摹都是片段的、零散的，不過它

〔註77〕楊萬里，〈雪霽出城〉，《楊萬里集箋校》，卷8，頁459。

確實「湊成」了初春的印象。更重要的是，這首詩並不是全然靜止不動的，而是正在進行著生命的變化。梅與草，正在開花與發芽；結凍的河水與柳根的殘冰，正在融化。就是這些「正在」，湊成我們對初春的印象。楊萬里非常注意時間所呈現的變化性質，他也企圖在詩中反映這種短暫時間中的變化。且看以下幾首詩：

> 半點輕風泛柳絲，忽吹荷葉一時欹。芙蕖好處無人會，最是將開半落時。〔註78〕

> 小樹嫣然一兩枝，晴熏雨醉總相宜。絕憐欲白仍紅處，政是微開半吐時。〔註79〕

> 中和節裏半春天，一拂清寒半點暄。憔悴不勝梅欲落，嬌饒無對杏初繁。〔註80〕

> 竹徑殊疏欠補栽，蘭芽欲吐未全開。初暄乍冷飛猶倦，一蝶新從底處來。〔註81〕

前兩首詩，一首寫荷花，一首寫杏花，楊萬里表示欣賞的最佳時機，都是在花將開而未開的時分。第三首詩把仲春的半暄半寒，表現在初繁之杏與欲落之梅上。第四首詩前一聯也寫了蘭芽將吐未吐的樣子，但把乍暖還寒的情況著重表現在一隻蝶上，以它飛行之低與緩，呈顯出萬物才剛從冬眠中復甦的氣象。為什麼楊萬里要把時間緊縮在極短暫的、稍縱即逝的片刻？〈正月三日驟暖，多稼亭前梅花盛開〉詩云：「絕愛西湖疏影詩，要知猶是未開時。如今開盡渾無縫，只見花頭不見枝。」〔註82〕西湖疏影詩，指的就是宋代詩壇的名詩〈山園小梅〉。楊萬里把他觀察梅花梅樹的心得，用以詮釋林和靖「疏影橫斜水清淺」一句，表示要體驗詩句中的風景，必須把握梅

〔註78〕楊萬里，〈晚涼散策〉，《楊萬里集箋校》，卷10，頁519。

〔註79〕楊萬里，〈郡圃杏花〉，《楊萬里集箋校》，卷12，頁629。

〔註80〕楊萬里，〈二月一日郡圃尋春〉，《楊萬里集箋校》，卷8，頁461。

〔註81〕楊萬里，〈淨遠亭午望〉其二，《楊萬里集箋校》，卷8，頁467。

〔註82〕楊萬里，〈正月三日驟暖，多稼亭前梅花盛開〉其二，《楊萬里集箋校》，卷12，頁609。

花未全開之時。一旦梅花開盡了，枝繁花茂，就無法欣賞到梅枝之「疏影」。這樣的詩，帶有些許宋人好議論的風格，但也確實反映了他個人的審美觀點。另一方面，這樣欲開未開、半吐半落的景象，不正蘊含了無限生機在其中嗎？

　　楊萬里對一般人不甚在意的物象，常常有細微的觀察。除了上述對時節變化的關注外，尚有〈小雨〉詩云：「雨纔放腳又還無，葉上蕭蕭半霎餘。貯得千珠無點漏，絲窠元自不勝疏。」〔註83〕描寫短暫細雨過後，看似疏漏的蜘蛛網上竟存留了千顆雨珠。〈秋暑〉其二寫秋天的酷熱云：「汗如雨點湧人膚，一一鬚根一一珠。」〔註84〕著實把人汗水淋漓的樣子描繪得歷歷在目。特別是對光影的描摹，楊萬里表現格外出色。〈城頭秋望〉詩云：「隔樹漏天青破碎」，〔註85〕描寫從樹下望天，青天好似破碎一般。〈暮雨既霽，將兒輩登多稼亭〉云：「水將樹影亂揉碎」，〔註86〕描寫殘餘的雨滴落入池中，泛起錯落的漣漪，像是揉碎了樹在水中的倒影。〈春陰〉云：「日色忽開雲又合，急收碎影一簾金」，〔註87〕清楚描繪忽晴忽陰、由晴轉陰的天氣變化。這些詩都以「碎」的形象，來描摹光與影的交錯。而〈曉坐多稼亭〉詩云：「日光烘碎一天雲，散作濛濛霧滿村。我亦知渠別無事，不教遠岫翠當門」，〔註88〕把晨霧籠罩村落與遠山的景象，以晨光烘碎雲朵，散落人間，表現生動又富詩意。《文心雕龍·物色》云：「寫氣圖貌，既隨物以宛轉。」楊萬里〈餘于沴流至安仁〉詩云：「半篙新漲滿帆風，兩岸千山一抹中」，〔註89〕把順風時船速之快，船上的人無

〔註83〕楊萬里，〈小雨〉，《楊萬里集箋校》，卷9，頁496。
〔註84〕楊萬里，〈秋暑〉，《楊萬里集箋校》，卷10，頁520。
〔註85〕楊萬里，〈城頭秋望〉，《楊萬里集箋校》，卷10，頁542。
〔註86〕楊萬里，〈暮雨既霽，將兒輩登多稼亭〉，《楊萬里集箋校》，卷9，頁513。
〔註87〕楊萬里，〈春陰〉，《楊萬里集箋校》，卷12，頁625。
〔註88〕楊萬里，〈曉坐多稼亭〉，《楊萬里集箋校》，卷10，頁517。
〔註89〕楊萬里，〈餘于沴流至安仁〉，《楊萬里集箋校》，卷8，頁443。

法將水岸千山一一分辨清楚的視覺印象，以「一抹」來貼切表達，強化了速度感，也引起讀者在感官經驗上的共鳴。

　　楊萬里對聲音的觀察也一樣絲絲入扣，特別是夜晚的雨聲，前一節我們看過〈書齋夜坐〉「隔窗雨點響堦除」、「雨在梅花簌簌邊」；雨打在芭蕉葉上，他也能清楚形容出「細聲巧學蠅觸紙，大聲鏘若山落泉」〔註90〕雨小雨大的不同；甚至中宵雨停，楊萬里還能聽見風拂樹梢，與「瓦溝收拾殘零水，并作簷間一滴聲。」〔註91〕〈望雨〉一詩，楊萬里敘述了從雲聚山頂，到傾盆大雨的過程：

> 雲興惠山頂，雨放太湖腳。初愁望中遠，忽在頭上落。白羽障烏巾，衣袖已沾渥。歸來看簷溜，如瀉萬仞壑。霆裂大瑤甕，電縈濕銀索。須臾水平階，花塢濕半角。……〔註92〕

春夏之交，旱氣太虐，楊萬里身為毗陵地方父母官，也虔誠祝禱求雨。就在他「雙鬢愁得白，兩膝拜將剁」，對雨水望眼欲穿時，只見惠山頂上烏雲密布，太湖邊已下起雨來。剛開始他還為降雨太遠而發愁，忽然大雨就當頭落下，淋得他一身濕。大雨像瀑布般順著屋簷不停落下，天上雷電交加。還沒一會兒功夫，地上積水已與台階齊平，花塢也因來不及排水而有半角成了水窪。楊萬里以不算短的篇幅，鉅細靡遺地描述了這場雷雨，使人讀來彷彿身歷其境。再看這首〈梅花數枝篸兩小瓷瓶，雪寒一夜，二瓶凍裂，剝出二水精瓶，梅花在焉，蓋冰結而為此也〉：

> 何人雙贈水精瓶，梅花數枝瓶底生。瘦枝尚帶折痕在，隔瓶照見透骨明。大枝開盡花如雪，小枝未開更清絕。爭從瓶口迸出來，其奈堪看不堪掇。人言水精初出萬壑時，欲凝未凝如凍脂。上有江海花正盛，吹折數枝墮寒鏡。玉工割取到人間，琢出瓶子和梅看。至今猶有未凝處，瓶裏水珠走來去。只愁窗外春日紅，瓶子化作亡是公。〔註93〕

〔註90〕楊萬里，〈芭蕉雨〉，《楊萬里集箋校》，卷10，頁544。

〔註91〕楊萬里，〈不寐聽雨〉，《楊萬里集箋校》，卷10，頁558。

〔註92〕楊萬里，〈望雨〉，《楊萬里集箋校》，卷9，頁505。

〔註93〕楊萬里，〈梅花數枝篸兩小瓷瓶，雪寒一夜，二瓶凍裂，剝出二水精

這首詩敘述瓶水因雪寒結凍，迸裂花瓶，詩人索性欣賞梅花在這個天
然成型的水精瓶中，隨冰瓶逐漸融化的始末。值得注意的是，這首詩
的敘述分爲兩部分，冰瓶的成因由詩題來交代，詩本身則專注敘述梅
枝在冰瓶裡呈現的風貌。楊萬里觀察之細，表現在描寫瓶身的晶瑩通
透，可清楚見到梅枝折痕，以及冰未全部凝結，而有水珠在瓶中滑動
的景象。從對花卉即將綻放、雷雨成形，到水結冰而漸漸融化，楊
萬里不但是仔細欣賞，還不惜費時觀察，因此能掌握住自然萬物的
「變」、「動」不居。但是，以上談及還只是有形之物的變動。楊萬里
對於無形之物的描摹，也一樣精彩：

> 池面尖風起，煙痕一拂微。無形還有影，掠水去如飛。初作
> 眉頭皺，還成簟面斑。小風來不住，織遍一池間。〔註94〕
> 作寒作暑無處避，開花落花儘他意。只有夜聲殊可憎，偏
> 攪愁人五更睡。幸自無形那有聲？無端樹子替渠鳴。斫盡
> 老槐與枯柳，更看渠儂作麼生。〔註95〕

前一首詩，描寫風吹池面，形成水紋。無形的風，透過波紋水影的
呈現，使詩人察覺它的存在。楊萬里很準確地使用了「尖」這個字，
來形容氣流拂過水面的樣貌，使他的描寫更能生動而貼切。然後他
用日常生活中的實物來描寫風吹成的水紋，起初像是皺著的眉頭，
但因爲小風不停吹拂，舊的波紋未平，新的波紋又起，就像是織著
竹簟，席面上點點斑迹。後一首詩寫夜裡的風聲，藉由槐、柳枝葉
的摩娑，傳入詩人的耳裡。同樣是寫無形的風，前一首詩著重在風
吹物所構成之「形」，後一首詩寫風吹物所產生之「聲」，呼應了本
章前一節所討論，楊萬里善於連結物象關係以進行描摹的寫物技
法。從另一個角度來看，風吹、物動，也是一種生命力的表徵，它
代表的是無形的宇宙正生生不息地運行著。楊萬里〈新涼感興〉詩

瓶，梅花在焉，蓋冰結而爲此也〉，《楊萬里集箋校》，卷12，頁606。
〔註94〕楊萬里，〈水紋〉，《楊萬里集箋校》，卷10，頁554。
〔註95〕楊萬里，〈夜聞風聲〉，《楊萬里集箋校》，卷10，頁560。

有一聯云：「草爭人迹微疏處，荷怯秋風欲動時。」〔註96〕〈行圃〉
亦云：「忽有小風人未覺，薺花無數總搖頭。」〔註97〕正是因爲他能
在一般人所忽略處仔細觀察，才能記錄到大自然生命律動的節奏。

　　錢鍾書《談藝錄》曾比較楊萬里與陸游詩云：

> 人所曾言，我善言之，放翁之與古爲新也；人所未言，我
> 能言之，誠齋之化生爲熟也。放翁善寫景，而誠齋擅寫生。
> 放翁爲畫圖之工筆，誠齋則如攝影之快鏡，兔起鶻落，鳶
> 飛魚躍，稍縱即逝而及其未逝，轉瞬即改而當其未改，眼
> 明手捷，蹤矢躡風，此誠齋之所獨也。〔註98〕

這段文字兩度提到「生」，意義可能不盡相同。錢氏以「化生爲熟」
作爲楊萬里創作的特色，應該是觀察到他揚棄用典，自鑄新辭，雖是
言「人所未言」，但卻不標新立異，反而具有親切明瞭的優點。關於
這一點，我們選兩首描寫蟲類的詩，看看江西前輩陳師道與楊萬里表
現有何差異：

> 物微趣下世不數，隨力捕生得稱虎。匿形注目搖兩股，卒
> 然一擊勢莫禦。十中失一八九取，吻間流血腹如鼓。卻行
> 奮臂吾甚武，明日淮南作端午。〔註99〕

> 隔窗偶見負暄蠅，雙腳接娑弄曉晴。日影欲移先會得，忽
> 然飛落別窗聲。〔註100〕

陳師道的〈蠅虎〉，句句用典。特別是最後一句「明日淮南作端午」，
任注曰：「言恃勇而不知及禍也。世傳淮南王安万畢術云：以五月五
日，取蠅虎杵汁拌豆，豆自踴躍，可以擊蠅。」可見這個典故的使用，
實屬罕見。就寫物來說，陳師道這首詩針對蜘蛛食肉嗜血的特性來概
括描寫，雖然同樣以擬人化的方式來表現蜘蛛的生物行爲，但過份誇
張的言語，使得蜘蛛變成了恐怖巨獸。而楊萬里的〈凍蠅〉，著重描

〔註96〕楊萬里，〈新涼感興〉，《楊萬里集箋校》，卷10，頁532。
〔註97〕楊萬里，〈行圃〉，《楊萬里集箋校》，卷12，頁641。
〔註98〕錢鍾書，《談藝錄》，頁118。
〔註99〕陳師道，〈蠅虎〉，《後山詩集補箋》，卷5，頁185。
〔註100〕楊萬里，〈凍蠅〉《楊萬里集箋校》，卷11，頁573。

寫蠅的行動片段，一般人如果留心觀察，並不難看到類似的情景。也就是說，楊萬里並不是寫蠅這個生物類別的特徵，而是單寫一隻他所看到的蠅，從這隻蠅的動作變化，來賦予它鮮活的生命。與陳師道的〈蠅虎〉扁平地形容蜘蛛相較，〈凍蠅〉顯得立體而活潑，也更加貼近日常生活中所見所知的情形。以蠅為詩，是宋代詩人為了在唐詩之外另闢途徑，所創造出的新題材。楊萬里從平常觀點來切入描寫，使原本陌生的題材變得平易近人，正是錢鍾書所謂的「化生為熟」。此外，利用物象的關聯，同樣也能達到化生為熟的效果。且看〈春興〉：

> 著盡工夫是化工，不關春雨更春風。已拚膩粉塗雙蝶，更費雌黃滴一蜂。〔註 101〕

這首詩要陳述的是抽象的春，楊萬里利用具體的物象來表現春的樣態：並不是春風春雨才能帶來春意，造化將春融於萬物，萬物都因春的感染而展露新意。運用蝶與蜂這兩種最常見的生物來描寫春，楊萬里捨棄了蜂飛蝶舞的寫法，把描繪的重心，置於色彩的呈現，粉蝶的粉像是層層的鋪施妝點，黃蜂的黃是用雌黃般的金黃顏料滴上一滴，蝶與蜂頓時顯得飽滿而立體。這樣鮮明的色調是春天才有的，春的意象立刻變得具體而生動，讀者也能從中感受到春意的新鮮。

　　其次，錢鍾書說到「放翁善寫景，而誠齋擅寫生」。錢氏以攝影來比喻楊萬里寫生的特色，這裡的「生」又有兩層涵義：一是指楊萬里特別喜歡以大自然生物作為詩的題材，一是指楊萬里詩所展現物象的生命能量。姜夔曾作詩調侃誠齋：「年年花月無閒日，處處山川怕見君。」〔註 102〕在誠齋詩裡，動物、植物、山川、雨雪俯拾即是，這些題材不盡然為楊萬里獨創，但他都能運用獨特的手法，在詩的創作中展現活靈活現的生命力。且看幾首楊萬里登凈遠亭時所作的詩：

〔註 101〕　楊萬里，〈春興〉，《楊萬里集箋校》，卷 8，頁 480。

〔註 102〕　姜夔，〈送朝天續集歸誠齋時在金陵〉，《白石道人詩集》（台北：藝文印書館，1966），卷下，頁 24。

　　鸂鶒嬌紅野鴨青，為人浮沒為人鳴。忽聞風起仍波起，乃
　　是飛聲與落聲。〔註103〕

　　簿書纏了晚衙催，且上高亭眼暫開。野鴨成羣忽驚起，定
　　知城背有船來。〔註104〕

　　今歲寒應少，冬深氣轉和。都緣徑差曲，添得步行多。柳
　　色猶青在，霜威奈爾何？忽然雙野鴨，飛下一池波。〔註105〕

這三首詩的共通之處，在於都以水禽來表現詩中的動態，而水禽忽然
的飛與落，彷彿震動了原本靜止的畫面，使整首詩「活」了起來。靜
中有動，動中也有靜，〈城頭秋望〉一聯云：「鷺鷥不遣魚驚散，
移腳惟愁水作聲。」〔註106〕正是以鷺鷥小心翼翼、躡足前進的姿態，表
現出動態中整體環境的靜謐感。楊萬里對鷺鷥的觀察很多，〈壕上書
事〉、〈城頭秋望〉之外，還有這首〈一鷺先立池中，有雙鷺自外來，
先立者逐之，雙鷺亟去，莫敢敵者〉：

　　鷺鷥各自有食邑，長恐諸侯客子來。一鷺忽追雙鷺去，窮
　　追盡處始飛回。〔註107〕

這首詩也是在詩題就把整件事的始末交代清楚了，詩本身則是發揮
了楊萬里的想像力，把追逐的鷺鷥比喻成人，占據地盤。鷺鷥也講
先來後到，先占地的鷺鷥，奮力驅趕後來的入侵者。鷺鷥強烈的領
域概念，相形之下，鳩鳥就顯得楚楚可憐。鳩占鵲巢不是一個新的
題材，但楊萬里也有詩云：

　　鳩婦那知自不材？樹陰疏處起樓臺。可憐積木如山樣，一
　　榱何曾架得來？〔註108〕

〔註103〕　楊萬里，〈淨遠亭晚望〉，《楊萬里集箋校》，卷8，頁457。
〔註104〕　楊萬里，〈晚登淨遠亭〉其二，《楊萬里集箋校》，卷10，頁538。
〔註105〕　楊萬里，〈飲罷登淨遠亭〉，《楊萬里集箋校》，卷10，頁556。
〔註106〕　楊萬里，〈城頭秋望〉，《楊萬里集箋校》，卷10，頁542。
〔註107〕　楊萬里，〈一鷺先立池中，有雙鷺自外來，先立者逐之，雙鷺亟去，
　　　　　莫敢敵者〉，《楊萬里集箋校》，卷10，頁555。
〔註108〕　楊萬里，〈鳩銜枝營巢樹間，經月不成而去〉，《楊萬里集箋校》，卷
　　　　　12，頁626。

乾鵲平生浪苦辛，一年卜築一番新。如何月下空三匝，宅
子還將住別人。〔註109〕

從第一首詩題為「鳩銜枝營巢樹間，經月不成而去」，可知楊萬里對
這件事的觀察，已經累積了相當的時日。兩首詩在《荊溪集》裡聯袂
而出，好似連環漫畫。類似這樣具有漫畫般趣味效果的詩，還有寫上
巳日天氣陰寒，「凍蠅觸紙飛還落，仰面翻身起不來」，〔註110〕以及
同樣描寫「滴地酒成凍」的大冷天，詩人想踏霜尋梅，但地面實在濕
滑，以致「沙鷗腳不襪，故故踏冰翻」。〔註111〕

　　再寒冷的天氣，楊萬里筆下的動、植物，沒有進入靜止深眠的狀
態，也沒有顯露出一絲死亡的蕭索氣息。即使寫殘梅之景，仍是「雀
爭飛落片，蜂獵未蔫鬚」，〔註112〕又是一幅春回大地，生氣勃勃的榮
景。不只動物的動作是楊萬里觀察的重點，他對植物的描寫也常常從
動態來著手。比方〈暮熱游荷池上五首〉其三：「細草搖頭忽報儂，
披襟攔得一西風」，〔註113〕由細草的搖動，描寫傍晚的悶熱中，終於
有了一絲稍能解暑的西風；又如〈閏六月立秋後暮熱，追涼郡圃〉：「垂
楊舞罷西風葉，一葉多時獨未停」，〔註114〕寫風雖已止，仍有一葉擺
動不停。而「波面落花相趁走，避風爭泊岸傍邊」，〔註115〕與「荷珠
細走惟愁落，為報薰風莫急吹」，〔註116〕都是從細微處觀察植物，再
以擬人的方式展現動態的描摹。再看這首〈春寒〉：

春寒儘解粟人膚，敢傍吾儕酒盞無？雨裏杏花如半醉，攙

〔註109〕　楊萬里，〈鵲營巢既成，為鳩所據〉，《楊萬里集箋校》，卷12，頁
　　　　　627。
〔註110〕　楊萬里，〈上巳〉其一，《楊萬里集箋校》，卷9，頁485。
〔註111〕　楊萬里，〈霜寒，轆轤體〉其一，《楊萬里集箋校》，卷11，頁578。
〔註112〕　楊萬里，〈梅殘〉，《楊萬里集箋校》，卷8，頁462。
〔註113〕　楊萬里，〈暮熱游荷池上五首〉，《楊萬里集箋校》，卷9，頁514。
〔註114〕　楊萬里，〈閏六月立秋後暮熱，追涼郡圃〉，《楊萬里集箋校》，卷10，
　　　　　頁519。
〔註115〕　楊萬里，〈寒食相將諸子遊翟園得十詩〉其三，《楊萬里集箋校》，
　　　　　卷9，頁486。
〔註116〕　楊萬里，〈曉坐荷橋〉其一，《楊萬里集箋校》，卷9，頁509。

頭不起索人扶。〔註117〕

春寒料峭，使人寒毛豎立，詩人想飲酒袪寒，此刻只有杏花相伴。
然而飲著寒雨的杏花，卻因雨打而彎折，恍若已不勝酒力，需要人
攙扶。楊萬里以半醉形容雨中杏花的姿態，呈顯出一種妖嬈嬌媚。
而〈暮熱游荷池上五首〉其三云：「荷花入暮猶愁熱，低面深藏碧傘
中」，則是擬人羞澀、含蓄與柔美的樣態，來表現荷葉時而遮掩荷花
的動態情景。

《荊溪集》還有一些詩，是以活潑來展現自然生命力。比方〈春
暖郡圃散策〉云：「春禽處處講新聲，細草欣欣賀嫩晴」，〔註118〕〈春
曉〉云：「一年生活是三春，二月春光儘十分。不必開窗索花笑，隔
窗花影也欣欣」，〔註119〕〈柳色〉云：「春到四經旬，元來未見春。
柳條將軟碧，爭獻上番新」，〔註120〕在在呈現出春天草木扶疏、鳥獸
爭鳴的欣欣景象。〈郡圃小梅一枝先開〉云：「小窠梅樹太尖新，先為
東風覓得春。後日千株空玉雪，如今一朵許精神。」〔註121〕把一枝
獨開的梅花，寫得精神奕奕。有時候楊萬里筆下的自然風物，活潑到
幾乎是頑皮的程度了。且看以下三首詩：

> 櫻桃拋過隔牆笞，芍藥叢抽刺土芽。最是蜜蜂無意思，忍
> 將塵腳踏梅花。〔註122〕

> 新蟬聲澀亦無多，強與嬌鶯和好歌。盡日舞風渾不倦，無
> 人奈得柳條何。〔註123〕

> 花枝劣相絓人衣，蜂子顛狂觸面皮。一巷海棠千架錦，兩
> 堤楊柳萬窩絲。〔註124〕

〔註117〕 楊萬里，〈春寒〉，《楊萬里集箋校》，卷8，頁471。
〔註118〕 楊萬里，〈春暖郡圃散策〉其三，《楊萬里集箋校》，卷8，頁466。
〔註119〕 楊萬里，〈春曉〉，《楊萬里集箋校》，卷8，頁481。
〔註120〕 楊萬里，〈柳色〉，《楊萬里集箋校》，卷12，頁640。
〔註121〕 楊萬里，〈郡圃小梅一枝先開〉，《楊萬里集箋校》，卷8，頁456。
〔註122〕 楊萬里，〈多稼亭前小步〉，《楊萬里集箋校》，卷8，頁467。
〔註123〕 楊萬里，〈六月六日小集〉其二，《楊萬里集箋校》，卷9，頁500。
〔註124〕 楊萬里，〈遊翟園〉，《楊萬里集箋校》，卷12，頁644。

第一首詩裡，櫻桃與芍藥已經傳達出春天植物萌發、無可抵擋的強烈生命力，而蜜蜂就像是舞蹈般，點踏在梅花之上。第二首詩，新生的蟬不顧聲澀，放膽與鶯聲齊鳴，而柳條也在風吹拂下，縱情飄舞著。第三首詩後面一聯把海棠怒放、楊柳茂密以千、萬不可計數，來表現整個翟園勃發的生意，而前一聯的花枝、蜂子，就像撒野似的撩撥著往來的遊人。楊萬里筆下的生物活潑地動著，就連天上的雲與夕陽也不安份，「一峯忽被雲偷去，留得崢嶸半截青」，〔註125〕「夕陽幸自西山外，一抹斜紅不肯無」。〔註126〕

　　《荊溪集》裡提到兒童的詩，也同樣呈現出活潑、開朗的生命色彩。且看楊萬里描寫兒童的嬉戲：

> 稚子金盆脫曉冰，彩絲穿取當銀鉦。敲成玉磬穿林響，忽作玻璃碎地聲。〔註127〕

> 小兒著鞭鞭土牛，學翁打春先打頭。黃牛黃蹄白雙角，牧童綠蓑笠青蒻。今年土脈應雨膏，去年不似今年樂。兒聞年登喜不飢，牛聞年登愁不肥。麥穗即看雲作帚，稻米亦復珠盈斗。大田耕盡卻耕山，黃牛從此何時閒？〔註128〕

第一首詩裡，天真無邪的兒童並沒有因為天氣的寒冷而放棄遊戲，他們就地取材，把凍結的盆冰穿上彩線，當作是鐘鐃一樣敲打，用力過猛敲碎冰塊，落在地上竟也響成玻璃破碎聲。第二首詩歌頌農家樂，兒童學大人打春牛。楊萬里以黃、綠分別為牛與牧童著色，這正是春天草木新生的顏色。農家欣喜的原因是土沃雨豐，預期今年將會是豐收好年。詩裡卻反寫為了豐收農家必定加倍辛勤耕作，這下子牛就不得閒了。楊萬里以戲謔的口吻寫牛發愁，更顯登豐年的滿心歡喜，也充滿了洋洋童趣。不只在旁觀察兒童遊戲，有時楊萬里還參與其中：

> 稚子相看只笑渠，老夫亦復小盧胡。一鴉飛立鉤欄角，子

〔註125〕楊萬里，〈入常山界〉其二，《楊萬里集箋校》，卷8，頁445。

〔註126〕楊萬里，〈閏六月立秋後暮熱，追涼郡圃〉，《楊萬里集箋校》，卷10，頁519。

〔註127〕楊萬里，〈稚子弄冰〉，《楊萬里集箋校》，卷11，頁596。

〔註128〕楊萬里，〈觀小兒戲打春牛〉，《楊萬里集箋校》，卷12，頁619。

　　　　細看來還有鬚。〔註129〕

循著兒童與詩人的視線，我們看到了引發他們嬉笑的原因，是一隻飛落、停立於欄杆邊上的烏鴉。再仔細看，兒童笑的是這隻烏鴉有著像人一樣的鬚毛。年過五旬的楊萬里，依然保有一顆赤子之心，他能從兒童的角度，欣賞自然、熱愛自然。即使是一隻烏鴉，他也像初次見到，表現出驚奇與新鮮感。因此，當我們看到楊萬里像期待禮物般日日盼著花開，一旦聽到花開的消息，「老夫聞此喜欲癲，小兒終夕不成眠」，〔註130〕也能同樣受到他天真、自樂的感染。

　　正因為童心未泯，誠齋的寫物詩總顯得活潑、生動，像是「攝影之快鏡」，重現著物態充滿生命力的樣貌。周汝昌在《楊萬里選集》拿電影來比喻清代詩人郭麐的〈登吳山望江二首〉云：

　　　　別人的詩，多像一幅幅的畫面，雖美，可是死的；他的詩，
　　　　簡直像電影，在你眼前動起來了，活起來了，而且活動的
　　　　那麼妙。〔註131〕

郭麐之詩，師承楊萬里。如果我們把周汝昌的這段文字，用以評價楊萬里的詩，應該也是妥帖的。從細微處觀察物象，從中獲得萬物生生不息的動態美感，正是《荊溪集》寫物的一大特色。其實這也反映了楊萬里創作的獨特性，他不依循傳統的託物言志、藉物抒情，而是把視野投向更高、更廣的範圍，關注著宇宙生命的運轉與變化。

小　結

　　在這一章裡，我們從《荊溪集》的創作環境出發，探討宋代盛行的園林文化與毗陵的自然、人文景觀，如何提供楊萬里創作的氛圍與材料。並且擷錄了八十餘首詩，就物象的關係安排，動態與擬人描述

〔註129〕楊萬里，〈鴉〉，《楊萬里集箋校》，卷 11，頁 575。
〔註130〕楊萬里，〈歲之二日欲游翟園，以寒風而止〉，《楊萬里集箋校》，卷 12，頁 610。
〔註131〕周汝昌，《楊萬里選集》，頁 2。

方式，呈現楊萬里獨特的藝術手法。在物與物關係的安排上，楊萬里善於以平面與垂直的關係來開展畫面，建構出三維的空間感。他也常運用視野變換的方式，引導讀者隨著他的指向來認識物象的種種樣態，進入他所創造的氛圍裡，進而使人與物的主客界線模糊，甚至主客易位，達到人與物齊的意境。《荊溪集》詩中的人與物是平等的、互動的，就像有著朋友一般的情誼，產生人與自然的親密感。楊萬里鮮少託物言志，藉物抒懷，因此得以把詩句的空間完全讓於寫物。而他以擬人方式描寫自然風物，著重物象的動態感，也讓他的詩充滿著生動活潑、欣欣向榮的無限生機。

先前我們曾提到《荊溪集》的創作與誠齋的詩論有著巨大的裂隙，同樣寫景寫物，楊萬里並未發展出「句中池有草，子外目俱蒿」這樣蘊含憂世情懷的詩篇，然而，這並不意味著他的詩是瑣碎而空洞的。事實上，我們從《荊溪集》誠齋寫梅的詩裡，可以看見他不時關注著梅的變化，與梅花進行著心靈的交流。雖然《荊溪集》的每一單篇寫物詩很少託物言志抒情，但整體看來它卻反映了楊萬里創作當時的心境。他以吏隱的方式，日日觀物寫物，把毗陵郡有限範圍裡的所見，一一寫入詩裡，其實，這同樣也顯現出楊萬里企圖在寫物上獲得生命暫時的安頓。

《荊溪集》寫物的另一項特色，是楊萬里以描寫動態，來展現人與物的生命樣態。楊萬里對生活周遭事物的細膩觀察，常常表現在他的詩裡。他一反江西詩派使事用典的方式，只是單純描寫物象在日常生活中可見的行為活動。錢鍾書先生曾過說楊萬里創作是「化生為熟」，以及「擅於寫生」，在《荊溪集》裡，我們不但可以看到楊萬里掌握了自然風物的變化，展現動、植物的動態，而透過物象關係的安排，他也能使無形之物表現動態，呈現出活潑、開朗的生命色彩。而這些動態的描寫，正反映出楊萬里眼下的自然世界，是生生不息，運轉不停的。

清人蔣鴻翮批評誠齋詩習氣太甚，卻也不得不承認他「才思頗

佳」，《寒塘詩話》曾言：「予嘗謂其自具八繭吳綿，不受製天絲機錦，乃從村莊兒女，攙入布經麻緯，良可惜也。」〔註132〕陳訏也說：「楊誠齋矯矯拔俗，魄力又足以勝之，雄傑排奡，有籠挫萬象之概，攀韓頡蘇宜也」，又說：「誠齋詩集甚富，然未免過於擺脫，不但洗盡鉛華，且粗頭亂服矣。」〔註133〕顯示清代詩評家看出了誠齋詩所展現的天分與衝出江西詩派的氣魄，然而他們不能認同的是，楊萬里打破傳統詩或是溫婉，或是雄渾的概念，選擇以一種奔放的、自由的、不假修飾的態度來作詩。

但袁枚卻認為楊萬里「天才清妙，絕類太白」，《隨園詩話》記載誠齋嘗言：「從來天分低拙之人，好談格調，而不解風趣。何也？格調是空架子，有腔口易描；風趣專寫性靈，非天才不辦。」袁枚進一步質問：「三百篇半是勞人思婦率意言情之事，誰為之格？誰為之律？而今之談格調者，能出其範圍否？」袁枚所言，是為反對神韻、格調、肌理等詩派的主張而發。若我們置換時空，把這番話放到楊萬里所處的當下，或許也能理解他擺脫詩法束縛，放棄模仿前人之後，回歸詩歌美學最原始的本質，「感於物而動」。

〔註132〕 〔清〕蔣鴻翿，《寒塘詩話》，見傅璇琮編，《古典文學研究資料彙編・楊萬里范成大卷》，頁 68。

〔註133〕 〔清〕陳訏，《宋十五家詩選》（上海：上海古籍出版社，2002 年），「楊萬里」，頁 1。

第四章 《荊溪集》寫物與誠齋「活法」：詩學與理學的融涉

　　楊萬里在三十六歲那年焚去了自己的舊詩，從江西詩派轉益多師，然而他並非真正與江西詩派徹底決裂。劉克莊爲江西宗派圖續脈，把楊萬里列在呂本中、曾幾之後，可能是看出了誠齋詩與他們有著一定程度的關聯性。但劉克莊也無法忽視誠齋詩的變異，只得權宜地指稱楊萬里是「江西橫出一枝」。事實上，江西詩人對詩法僵化的情形早有省悟，在楊萬里之前，江西詩學理論已經慢慢轉向，江西詩人的創作，也開始產生變化，把目光投向自然。

　　《荊溪集》裡的物象，彷彿召喚著詩興，讓楊萬里援筆立成，不再感到作詩的困難。這樣轉主動爲被動的創作動機，揭示著以人爲主體的言志緣情內容在誠齋詩中的消褪。楊萬里日日遊賞賦詩，對同一題材一寫再寫，不覺煩膩，也暗示了他可能關注著更大的主題。當然，我們可以單純認定這是楊萬里不受拘束、自由創作的結果，但我們也可以同時考量他所具有的理學背景。從這個角度上看，《荊溪集》裡物象總是生動活潑，也可能是楊萬里從理學感悟詩學的一種表現。

第一節　江西詩派的變調

　　黃庭堅對於詩法、句法等技巧上的指示，以及創作精神上的要求，讓後學「便擬近師黃太史」，〔註1〕學詩有了可以依循的途徑。然而我們不能據此指稱黃庭堅是江西詩派的發起人，因為「江西詩派」是一個後起的名稱，它的提出，源於呂本中所作《江西詩社宗派圖》。呂本中的原作已佚，序文也僅能由《苕溪漁隱叢話》所記知其大略：

> 唐自李杜之出，焜耀一世，後之言詩者，皆莫能及。至韓、柳、孟郊、張籍諸人，激昂奮屬，終不能與前作者并。元和以後至國朝，歌詩之作或傳者，多依效舊文，未盡所趣。惟豫章始大出而力振之，抑揚反復，盡兼眾體，而後學者同作并和，雖體制或異，要皆所傳者一，予故錄其名字，以遺來者。〔註2〕

《江西詩社宗派圖》究竟包含哪些人，始終爭議不斷。不過，歷代對呂本中羅列取捨的批評，卻十分值得我們思考。首先，胡仔表示「居仁此圖之作，選擇弗精，議論不公」，所列二十五人中為世所稱道者只有數人，其他默默無聞者根本是濫登其列。其次，《雲麓漫抄》表示：「議者以謂陳無己為詩高古，使其不死，未必甘為宗派」；〔註3〕清代錢大昕《十駕齋養心錄》卷十六亦指出：「呂本中《江西詩派圖》意在尊黃涪翁，後山與黃同在蘇門，詩格亦不相似，乃抑之入江西派，誕甚矣」。《詩說雋永》「蘇黃門稱韓子蒼詩」條下云：「呂居仁作《江西宗派圖》，置子蒼其間，韓不悅。」《雲麓漫抄》也記載韓駒曰：「我自學古人。」周輝《清波雜志》卷五云：「公（徐俯）視山谷為外家，晚年欲自立名世。客有贄見，盛稱淵源所自。公讀之不樂，答以小啓曰：『涪翁之妙天下，君其問諸水濱；斯道之大域中，我獨知之濠上。』」看來把黃庭堅視為江西詩派諸人的導師，也不盡為詩人所認可。第

〔註1〕姜特立，〈謝楊誠齋惠長句〉，《梅山續稿》（台北：商務印書館，1983年景印文淵閣四庫全書），卷1，頁12。

〔註2〕胡仔，《漁隱叢話‧前集》，卷48，頁327。

〔註3〕趙彥衛，《雲麓漫鈔》，卷14，頁244。

三，劉克莊〈江西詩派總序〉云：「派中如陳後山，彭城人；韓子蒼，陵陽人；潘邠老，黃州人；夏均父、二林，蘄人；晁叔用、江子之，開封人；李商老，南康人；祖可，京口人；高子勉，京西人。非皆江西人也，同時如曾文清乃贛人，又與紫微公以詩往還，而不入派，不知紫微去取之意云何？」可見江西詩派並不全為江西籍的詩人。

楊萬里對江西詩派的特徵也有論述，他在〈江西宗派詩序〉中表示：

> 江西宗派詩者，詩江西也，人非皆江西也。人非皆江西，而詩曰江西者何？繫之也。繫之者何？以味不以形也。東坡云：「江瑤柱似荔子。」又云：「杜詩似太史公書。」不惟當時聞者嘸然，陽應曰諾而已，今猶嘸然也。非嘸然者之罪也，舍風味而論形似，故應嘸然也。形焉而已矣，高子勉不似二謝，二謝不似三洪，三洪不似徐師川，師川不似陳後山，而況似山谷乎？味焉而已矣，酸鹹異和，山海異珍，而調脉之妙，出乎一手也。似與不似，求之可也，遺之亦可也。大抵公侯之家有閥閱，豈惟公侯哉？詩家亦然。竇人子崛起委巷，而一旦紆以銀黃，纓以端委，視之，言公侯也，貌公侯也。公侯則公侯乎爾，遇王謝子弟，公侯乎？江西之詩，世俗之作，知味者當能別之矣。〔註4〕

楊萬里沒有正面闡述「江西之味」，他反從「形」來論述，針對江西詩派內部成員間所呈現不同的藝術特性，進行辯駁。楊萬里清楚知道眾人對呂本中評選標準的批評，都是以詩表面所呈現的樣貌出發，因而找不出高、謝、洪、徐，以至於陳師道、黃庭堅詩的相似處。惟有放棄形似的追求，從詩味著手，才能品味出江西詩派成員間的共通點。從這段論述裡，我們可以知道楊萬里並不反對呂本中對江西詩派的安排，更重要的是，楊萬里點出了論者與後學在評論或學習江西詩派時的一大盲點：只重「形似」，忽略詩深層所蘊含的精神氣度。事實上，這正可說明何以楊萬里在焚盡自己的江西詩作後，對黃庭堅、

〔註4〕楊萬里，〈江西宗派詩序〉，《楊萬里集箋校》，卷79，頁3230。

陳師道依然多所推崇，且有「參透江西社，無燈眼亦明」〔註5〕的創作感悟。

陸九淵在論述中國詩歌發展歷程時，也提到了江西詩派。他表示「杜陵之出，憂君悼時，追躡《騷》、《雅》，而才力宏厚，足鎮浮靡，詩家為之中興。自此以來，作者相望。至豫章而益大肆其力，包含欲無外，搜抉欲無祕，體制通古今，致思極幽眇，貫穿馳騁，工力精到，一時如陳、徐、韓、呂、三洪、二謝之流，翕然宗之，江西遂以詩社名天下，雖未極古之原委，而其植立不凡，斯亦宇宙之奇詭也。」〔註6〕因此，我們不妨視江西詩派為詩歌藝術上受黃庭堅影響較深的詩人群體，允許成員間不盡相同的藝術表現。就這個角度看來，江西詩派不甚精確的選取標準，與不算嚴密的詩學理論，反而讓它在瀕臨僵化之際，有了得以轉圜的可能。

《滄浪詩話‧詩辨》云：「近代諸公乃作奇特解會，遂以文字為詩，以才學為詩，以議論為詩。夫豈不工？終非古人之詩也，蓋於一唱三歎之音，有所歉焉。且其作多務使事，不問興致；用字必有來歷，押韻必有出處，讀之反覆終篇，不知著到何在。」〔註7〕嚴羽指責的是宋代詩壇務求詩法、不重詩意的現象，而這個問題又以江西詩派最為嚴重。事實上，江西詩派的成員也注意到一味模仿、怠忽詩興，終將造成創作的窒礙，因此，他們開始反省，企圖為自己以至於後學找尋出詩歌創作的活路。曾季貍歸納了江西詩派重要詩人對創作的關鍵論點云：

> 後山論詩說換骨，東湖論詩說中的，東萊論詩說活法，子蒼論詩說飽參，入處雖不同，然其實皆一關捩，要知非悟入不可。〔註8〕

〔註5〕楊萬里，〈和周仲容春日二律句〉其二，《楊萬里集箋校》，卷3，頁168。
〔註6〕〔元〕劉壎，《隱居通議》（台北市：藝文，1966年），卷6，頁7。
〔註7〕嚴羽，《滄浪詩話校釋》，頁26。
〔註8〕曾季貍，《艇齋詩話》，頁296。

陳師道對黃庭堅十分景仰，他的詩論也與山谷一樣講求規矩。《後山詩話》嘗言：「黃詩、韓文有意故有工，老杜則無工矣。然學者先黃後韓，不由黃、韓而爲老杜，則失之拙易矣。」可見陳師道認爲學詩應該按部就班，從有意爲工逐漸進步到不煩繩削而自合的無工境界。當他看到像王無咎、黎宗孟之輩，只知仿效前人、亦步亦趨，無法自我創作，陳師道忍不住批評道：「世謂黎爲摸畫手，一點一畫，不出前人；王爲轉般倉，致無贏餘，但有所欠。以其因人成能，無自得也。」〔註9〕創作不能自出己意，模仿再像也只是鸚鵡學舌。那麼，怎樣才能從有意爲詩進展到無意而自得呢？陳師道的指示是：「規矩可得其法，不可得其巧。舍規矩則無所求其巧矣。法在人，故必學；巧在己，故必悟。」陳師道把作詩劃分爲「學」和「悟」兩個階段，強調學爲悟的基礎。這樣的看法，其實與黃庭堅並無二致，後來的韓駒、呂本中、曾幾、楊萬里等人，他們的詩論也如出一轍。陳師道所謂的「悟」，是一種經驗累積的漸悟。他在〈次韻答秦少章〉詩云：

　　學詩如學仙，時至骨自換。縹緲鴻鵠上，眾目焉能玩。〔註10〕

陳師道借用道家金丹換骨的術語，來表示累積相當程度的學習與涵養，詩人的創作必然會出現好的變化，使其個人與創作都能如得道成仙般獲得進一步提昇。

　　陳師道的「學」，主要還是以蘇、黃、老杜爲主，這一點在徐俯（1075～1141）看來就頗不以爲然。《艇齋詩話》記錄徐俯對詩人所學內容的評論云：「近世人學詩，止於蘇、黃，又其上則有及老杜者，至六朝詩人，皆無人窺見。若學詩而不知有《選》詩，是大車無輗，小車無軏。」〔註11〕徐俯把江西詩派學習的對象擴展到《文選》裡的詩，開展了江西後學轉益多師的新視野。徐俯的「中的」說，原文已無可考，不知其確實含義爲何。從他視山谷爲外家，欲自立門戶的意

〔註9〕陳師道，《後山談叢》，《後山集》，卷18，頁4。

〔註10〕陳師道，〈次韻答秦少章〉，《後山集》，卷2，頁2。

〔註11〕曾季貍，《艇齋詩話》，頁296～297。

向，以及對詩歌創作論述，也能嗅出徐俯獨立思考的創新精神。且看以下兩則記錄：

> 山谷嘗謂諸洪，言「作詩不必多，如三百篇足矣。某平生詩甚多，意欲止留三百篇，餘者不能認得。」諸洪皆以爲然。徐師川獨笑曰：「詩豈論多少？只要道盡眼前景致耳。」山谷回顧曰：「某所説止謂諸洪作詩太多，不能精致耳。」〔註12〕

> 汪彥章爲豫章幕官。一日，會徐師川於南樓，問師川曰：「作詩法門當如何入？」師川答曰：「即此席間杯桊果蔬使令以至目力所及，皆詩也。君但以意剪裁之，馳驟約束，觸類而長，皆當如人意，切不可閉門合目，作鐫空忘實之想也。」彥章領之。逾月，復見師川曰：「自受教後，准此程度，一字亦道不成。」師川喜，謂之曰：「君此後當能詩矣。」故彥章每謂人曰：「某作詩句法得之師川。」〔註13〕

徐俯認爲，作詩的題材不假外求，目力所及的日常事物皆可入詩；創作的原則，是「以意剪裁」，反對閉門造車、不切實際；而作詩更不是以數量來定奪優劣，好詩的標準是「道盡眼前景致」。上述徐俯的詩論，在在顯示出他對以黃庭堅爲首的江西詩派埋守墳典、逞才鬥學的創作心態，以及浮泛空洞、不知所以的創作內容多所不滿。徐俯一些寫景的小詩，也不同於江西詩派的瘦硬奇崛，呈現出清新自然的風味。比如〈春日遊湖上〉：「雙飛燕子幾時回，夾岸桃花蘸水開。春風斷橋人不渡，小舟撐出柳陰來。」〔註14〕與〈章江晚望〉：「水面無波千里鏡，日斜倒影一溪紅。漁舟不動飛鳥急，淡淡碧煙蘋末風。」〔註15〕展現了一種悠然自得的情韻。不過，徐俯的創作與詩論，身爲江西詩派最後代表的方回不甚欣賞，他批評徐俯云：「師川詩律疏闊，

〔註12〕呂本中，《童蒙詩訓》，第 22 條「作詩在精不在多」，頁 592。

〔註13〕曾敏行，《獨醒雜志》（台北市：藝文，1966 年），卷 4，頁 2。

〔註14〕徐俯，〈春日遊湖上〉，《全宋詩》，頁 15838。

〔註15〕徐俯，〈章江晚望〉，《全宋詩》，頁 15838。

其說甚傲，其詩頗拙。」其實，這正是徐俯別出心裁之處。周紫芝〈書老圃集後〉云：「近時士大夫論徐師川詩甚不公，以謂稍稍放倒，而不知師川暮年得句多出於自然也。」〔註16〕從日常生活出發，不執著於詩法，應是徐俯對創作本質的體認。

　　韓駒（1080～1135）論詩，喜用佛家語。曾季貍說「子蒼論詩說飽參」，大抵出於韓駒〈贈趙伯魚〉詩：

　　　學詩當如初學禪，未悟且遍參諸方。一朝悟罷正法眼，信手拈出皆成章。〔註17〕

其實黃庭堅早有類似說法，《詩林廣記》卷三引山谷語：「故學者要先以識為主，如禪家所謂正法眼者，直須具得此眼目，方可以入道也。」也就是說，光是擴大學習範圍，累積學習經驗是不夠的，詩人要悟出「正法眼」，才能達到信手成章、游刃有餘的境界。韓駒還說：「詩道如佛法，當分大乘小乘，邪魔外道，惟知者可以語此。」〔註18〕這也同樣需要學者有「識」，能洞察出自己學習創作的問題所在，選擇適合的條目，而不是盲目遵從所有的詩法。對於作詩方法的訓示，韓駒並不拘泥一端，他表示：「作詩不可太熟，亦須令生。近人論文，一味忌語生，往往不佳。」〔註19〕另一方面，他又說：「目前景物，自古及今，不知凡經幾人道。今人一下筆，要不蹈襲，故有終篇無一字可解者。概欲新而反不可曉耳。」〔註20〕兩種說法，看似相互矛盾，其實點出了後學之人創作時規摹古人太過與不及的兩種毛病。此外，江西詩派好使事用典與押拗韻、險韻的創作技巧，韓駒也認為不是正道。他指出：「作詩必先命意，意正則思生，然後擇韻而用，如驅奴隸。此乃以韻承意，故首尾有序。今人遷意就韻，因韻求事，所以失

〔註16〕周紫芝，〈書老圃集後〉，《太倉稊米集》（台北：商務印書館，1983
　　　年景印文淵閣四庫全書），卷66，頁9。
〔註17〕韓駒，〈贈趙伯魚〉，《陵陽集》（台北：商務印書館，1983年景印文
　　　淵閣四庫全書），卷1，頁13。
〔註18〕魏慶之，《詩人玉屑》，卷5引〈陵陽室中語〉，頁122。
〔註19〕魏慶之，《詩人玉屑》，卷6，頁135。
〔註20〕魏慶之，《詩人玉屑》，卷8引〈陵陽室中語〉，頁190。

之。」〔註21〕聲韻、使事都應是詩人的奴隸，供詩人創作所驅使，化
用典故應該是「使事要事自我使，不可反爲事使」。〔註22〕創作的動
機，不是求技巧的表現，而該是受詩人心中的詩意所驅動。正如山谷
所言：「覓句眞成小技，知音定須絕絃」，〔註23〕把詩法技巧當成創作
首要的條件，無疑是捨本逐末，不識詩道而走火入魔了。韓駒的寫景
詩，用典不多，近乎白描。比方這首〈夜泊寧陵〉：「汴水日馳三百里，
扁舟東下更開帆。且辭杞國風微北，夜泊寧陵月正南。老樹挾霜鳴窣
窣，寒花垂露落毿毿。茫然不悟身何處，水色天光共蔚藍。」〔註24〕
全詩幾乎沒有用典，節奏流暢而明快，是早期江西詩派中的異數，也
開啓後來江西詩人如呂本中、曾幾詩風變化的端倪。

　　雖然陳師道、徐俯、韓駒等人都指出了江西詩派的弊端傾向，但
眞正感受江西詩逐漸步入歧途的要屬呂本中（1084～1145）。他嘗與
曾幾論詩云：「近世江西之學者，雖左規右矩，不遺餘力，而往往不
知出此，故百尺竿頭不能更進一步，亦失山谷之旨也。」〔註25〕因此，
呂本中提出「活法」論，企圖矯正江西流弊：

> 　　學詩當識活法。所謂活法者，規矩備具，而能出於規矩之
> 外；變化不測，而亦不背於規矩也。是道也，蓋有定法而
> 無定法，無定法而有定法。知是者，則可以與語活法矣。
> 謝元暉有言：「好詩流轉圓美如彈丸。」此眞活法也。近世
> 惟豫章黃公，首變前作之弊，而後學者知所趨向，畢精盡
> 智，左規右矩，庶幾至於變化不測。〔註26〕

〔註21〕胡震亨，《唐音癸籤》（台北：商務印書館，1983 年景印文淵閣四庫
　　　　全書），卷 4 引〈陵陽室中語〉，頁 7。
〔註22〕魏慶之，《詩人玉屑》，卷 7 引〈陵陽室中語〉，頁 156。
〔註23〕黃庭堅，〈荊南籤判向和卿用予六言見惠次韻奉酬四首〉其四，《山
　　　　谷詩集注》，卷 16，頁 398。
〔註24〕韓駒，〈夜泊寧陵〉，《陵陽集》，卷 3，頁 16。
〔註25〕胡仔，《漁隱叢話‧前集》，卷 49 引〈呂居仁與曾吉甫論詩第二帖〉，
　　　　頁 333。
〔註26〕呂本中〈夏均父集序〉，見劉克莊《後村集》（台北：商務印書館，
　　　　1983 年景印文淵閣四庫全書），卷 24，頁 19。

呂本中肯定詩法規矩的必要性，但進一步指示後學應該懂得活用詩法規矩，甚至是出規矩之外，以達到作詩不煩繩削而自合的最終目標。呂本中在另一處對活法的定義是：「靈均自得之，忽然有入，然後惟意所出，萬變不窮，是名活法。」〔註27〕也就是說，能出入規矩法度，就是活法。呂本中很清楚自己所提出的並非創見，這些靈活運用詩法的概念，黃庭堅早有論述。因此，他提醒後學：「老杜詩云：『詩清立意新』，最是作詩用力處，蓋不可循習陳言，只規摹舊作也。魯直云：『隨人作計終後人』，又云：『文章切忌隨人後』，此自魯直見處也。近世人學老杜多矣，左規右矩，不能稍出新意，終成屋下架屋，無所取長。獨魯直下語，未嘗似前人而卒與之合，此為善學。」〔註28〕呂本中擴大學習，從老杜、蘇、黃，到《三百篇》、《楚辭》、漢魏間人詩，〔註29〕以至李太白都是可供師法的對象。他認為，「作文必要悟入處，悟入必自工夫中來，非僥倖可得也」，〔註30〕惟有透過遍參、飽參的學習方式，才能「徧考精取，悉為吾用，則姿態橫出，不窘一律矣」。〔註31〕呂本中的詩，也反映出「流轉圓美如彈丸」的趨向。像是〈春晚郊居〉：「柳外樓高綠半遮，傷心春色在天涯。低迷簾幕家家雨，淡蕩園林處處花。檐影已飛新社燕，水痕初沒去年沙。地偏長者無車轍，掃地從教草徑斜。」〔註32〕全詩清麗而明暢，絕無江西詩派瘦硬奇峭之感。方回評曰：「居仁在江

〔註27〕陶宗儀，《說郛》（台北：商務印書館，1983 年景印文淵閣四庫全書）卷 15 上，頁 10。

〔註28〕張鎡，《仕學規範》（台北：商務印書館，1983 年景印文淵閣四庫全書），卷 39，頁 7。

〔註29〕呂本中云：「大概學詩，須以《三百篇》、《楚辭》及漢魏間人詩為主，方見古人妙處，自無齊梁間綺靡氣味也。」見《童蒙詩訓》，第 25 條「學古人妙處」，頁 593。

〔註30〕呂本中，《童蒙詩訓》，第 28 條「作文必要悟」，頁 594。

〔註31〕胡仔，《漁隱叢話・前集》，卷 49 引〈呂居仁與曾吉甫論詩第一帖〉，頁 332。

〔註32〕呂本中，〈春晚郊居〉，《東萊詩集》（台北：商務印書館，1983 年景印文淵閣四庫全書），卷 6，頁 12。

西派中，最為流動而不滯者，故其詩多活。」〔註33〕呂本中的活法論，以及他流轉圓美的審美追求，對楊萬里的詩論與創作都產生了一定程度的影響。

　　事實上，除了呂本中外，曾幾（1084～1166）也對江西詩派的振興理論有概括性的記錄。他在〈讀呂居仁舊詩，有懷其人，作詩寄之〉云：

> 學詩如參禪，慎勿參死句。縱橫無不可，乃在歡喜處。人如學仙子，辛苦終不遇。忽然毛骨換，正用口訣故。居仁說活法，大意欲人悟。常言古作者，一一從此路。豈惟如是說，實亦造佳處。其圓如金彈，所向若脫兔。風吹春空雲，頃刻多態度。鏘然奏琴筑，間以八珍具。〔註34〕

這首詩囊括了韓駒的「學詩當如初學禪」、陳師道的「學詩如學仙，時至骨自換」，以及呂本中的「活法」。曾幾與呂本中同年，兩人在詩歌創作方面多所切磋，《苕溪漁隱叢話》對曾、呂兩人論詩有所記錄，而曾幾也作有〈東萊詩集後序〉，回憶自己向呂本中請教句律的往事。不過，曾幾對江西詩派轉型的貢獻並不在詩歌理論的建樹，反而是他的創作，在呂本中「好詩流轉圓美如彈丸」的基礎上，有了進一步的發揮。比方〈宜興邵智卿天遠堂〉：「目極雲沙靜渺然，邵卿風月過年年。雁行滅沒山橫晚，漁艇空濛水接天。南國棠陰春寂寂，東風瓜蔓日綿綿。問君許作鄰翁否？陽羨溪邊即買田。」〔註35〕整首詩用語平和，清新暢達，呈現出田園生活的恬靜自適，絲毫沒有江西詩派慣常用典使事、奇崛拗峭的色彩。南宋趙庚夫評曾幾詩云：「新如月出初三夜，淡比湯煎第一泉」，〔註36〕清新、平淡的作風，實為江西詩派

〔註33〕方回，《瀛奎律髓》，卷17，頁610。

〔註34〕曾幾，〈讀呂居仁舊詩，有懷其人，作詩寄之〉，見〔宋〕陳思編、〔元〕陳世隆補，《兩宋名賢小集》（台北：商務印書館，1983年景印文淵閣四庫全書），卷190，頁17。

〔註35〕曾幾，〈宜興邵智卿天遠堂〉，《茶山集》（台北：商務印書館，1983年景印文淵閣四庫全書），卷6，頁6。

〔註36〕趙庚夫，〈讀曾文清公集〉，見〔宋〕陳起編，《江湖後集》（台北：

開闢了一條新道路。我們再看以下幾首詩：

> 客子祈晴意未公，林間布穀勸春農。雨師若有分風手，留
> 取車輪一路通。〔註37〕

> 梅子黃時日日晴，小溪泛盡卻山行。綠陰不減來時路，添
> 得黃鸝四五聲。〔註38〕

> 鵓鳩晴雨報人知，更問農家底事宜。村落泥乾收麥地，稻
> 田水滿插秧時。

> 小麥青青大麥黃，新蠶滿箔稻移秧。綠陰馬倦休亭午，芳
> 草牛閒臥夕陽。〔註39〕

以平易、不矯造的口吻來寫自然與田園的景色，並且在其中添加了活
潑的因子，使這三首詩呈現出民歌一般的輕快暢爽。其實，這些詩的
風味，已經與楊萬里非常相近了。特別是第三首詩採用平常的口語入
詩，在楊萬里詩中也有類似的句子。曾幾以口語、白話入詩的還有以
下兩首：

> 茶山老子竟成癡，漫說尋芳去不遲。浪蕊飄殘猶自可，名
> 花落盡不曾知。〔註40〕

> 尋梅不惜上南坡，傍險衝泥奈老何？寂寞僧窗禪榻畔，好
> 枝還解送人麼？臘前臘後無非雪，溪北溪南併是梅。知有
> 家山難覓路，敢煩健步送春來。〔註41〕

詩中的造語與所展現的姿態風貌，與誠齋《荊溪集》詩相較，彷彿同
出一手，實在難辨彼此。劉克莊很可能已經注意到曾幾與楊萬里詩風
的相近，因此他編輯《茶山誠齋詩選》，並爲之作序云：「比之禪學，
山谷，初祖也；呂、曾，南北二宗也；誠齋稍後出，臨濟德山也。初

〔註37〕 曾幾〈道中遇雨〉，《茶山集》，卷8，頁12。
〔註38〕 曾幾〈三衢道中〉，《茶山集》，卷8，頁15。
〔註39〕 曾幾〈途中二首〉，《茶山集》，卷8，頁15。
〔註40〕 曾幾〈曾宏甫見過，因問訊鞓紅花，則云已落矣。驚呼之餘，戲成
　　　　三首〉其一，《茶山集》，卷8，頁3。
〔註41〕 曾幾，〈乞梅曾宏甫二首〉，《茶山集》，卷8，頁1。

祖而下，只是言句。至棒喝出，尤徑捷矣。故又以二家續紫微之後。」
劉克莊之所以會將楊萬里歸於這一譜系之中，而將曾幾的嫡傳弟子陸
游排除在外，王琦珍指出，「正是因為他看出了楊萬里詩歌道路與呂、
曾的淵源關係。這種挑繼關係，不像陸游那樣取直接的師從形式，而
表現為一種間接的濡染與滲透。但在求活求變的精神上說，卻又較陸
游更有代表性。」〔註42〕如果我們在加上錢鍾書先生之評：「在當時，
楊萬里卻是詩歌轉變的主要樞紐，創闢了一種新鮮潑辣的寫法，襯得
陸和范（成大）的風格都保守或者穩健」，〔註43〕與翁方綱《石洲詩
話》所言：「石湖、誠齋皆非高格……而誠齋較之石湖，更有敢作敢
為之色，頤指氣使，似乎無不如意」等觀點一起參考，江西詩派轉型
的方向就隱然若現了。

　　除了曾幾的創作之外，陳與義（1090～1138）的詩歌創作也同樣
證實了江西詩派往平易自然變化的導向。且看以下幾首詩：

　　　　朝來庭樹有鳴禽，紅綠扶春上遠林。忽有好詩生眼底，安
　　　　排句法已難尋。〔註44〕

　　　　花盡春猶冷，羈心只自驚。孤鶯啼永晝，細雨濕高城。擾
　　　　擾成何事？悠悠送此生。蛛絲閃夕霽，隨處有詩情。〔註45〕

　　　　荒村終日水車鳴，陂北陂南共一聲。灑面風吹作飛雨，老
　　　　夫詩到此間成。

　　　　山翁見客亦欣然，好語重重意不傳。行過竹籬逢細雨，眼
　　　　明雙鷺立青田。〔註46〕

方回把杜甫、黃庭堅、陳師道、陳與義列為江西詩派的「一祖三宗」，
其原文載於《瀛奎律髓》卷二十六「變體」。方回所說的變體，是在

〔註42〕王琦珍，《黃庭堅與江西詩派》（南昌：江西高校出版社，2006年），
　　　　頁220。
〔註43〕錢鍾書，《宋詩選注》，頁252。
〔註44〕陳與義，〈春日二首〉其一，《陳與義集》，卷10，頁159。
〔註45〕陳與義，〈春雨〉，《陳與義集》，卷15，頁240。
〔註46〕陳與義，〈羅江二絕〉，《陳與義集》，卷25，頁394。

詩體虛實的基礎上，「變化不同，用一句說景，用一句說情，或先後，或不測。」他舉陳與義〈懷天經智老因以訪之〉：「客子光陰詩卷裏，杏花消息雨聲中」句，表示「以客子對杏花，以雨聲對詩卷，一我一物，一情一景，變化至此」，這樣物我合一、情景交融的詩，在過去的江西詩派的確罕見，幾乎有些唐詩的傾向了。我們上面所列舉的三首詩，也能表現情景融爲一體的特色，更重要的是，陳與義在這些詩裡，思考到景與詩的關係。第一首詩我們先前提到過，是表達詩人一種耽於美景卻困於詩法而不能下筆的無奈，但其實最終陳與義還是寫成了〈春日〉詩，並且在詩中記錄下他當時創作的輾轉。而第二、三首詩，陳與義則明白表示景是詩的泉源，自然之景永恆存在，只需詩人「到此間」領略。後兩首詩裡，詩法規矩的窒礙消失無蹤，我們看到的是一個詩人欣然成詩的美好結果。這不正是活法的精神所在嗎？

葛勝仲論及陳與義寫景詩歌的成就時云：「會兵興搶攘，避地湖廣，泛洞庭，上九疑、羅浮，雖流離困阨，而能以山川秀傑之氣益昌其詩，故晚年賦詠尤工，搢紳士庶爭傳誦，而旗亭傳舍摘句題寫殆徧，號稱新體。」〔註47〕葛氏把兵馬倥傯，陳與義不得不流離各處，因而得到山川之助，視爲簡齋詩風轉新的原因。莫礪鋒先生指出，人們把陳與義的詩稱爲新體，而不把他看做江西詩派，「可能是因爲他的詩風在當時爲江西詩派的影響所籠罩的詩壇上比較新鮮。」〔註48〕到了南宋，《滄浪詩話・詩體》「以人而論」便將之獨立爲「陳簡齋體」，並於其下注曰「亦江西之派而小異」。事實上，對自然風物的關注確實是陳與義詩歌的一大特色，〔註49〕他不只一次表示「邂逅今朝一段

〔註47〕葛勝仲，〈陳去非詩集序〉，《丹陽集》（台北：藝文印書館，1971 年），卷8，頁5。

〔註48〕莫礪鋒，《江西詩派研究》（濟南：齊魯書社，1986 年），頁 156。

〔註49〕關於陳與義對自然風物的創作，可參考陳秀鴻，《陳與義寫景文學研究》（新竹：國立清華大學中國文學系碩士論文，2008 年），該論文從陳與義各時期作品分析，探討他以即景賦詩方式矯正江西詩派弊病，進而創作出整體風貌異於江西詩派之詩作。

奇，從來華屋不關詩。諸公且作留連意，正是微風到竹時」，〔註 50〕
「且復哦詩置此事，江山相助莫相違」，〔註 51〕「樓臺近水涵明鑑，
草樹連空寫素屏。物象自堪供客眼，未須覓句戶長扃」，〔註 52〕走出
江西詩派埋首書齋的窠臼，親近自然，以山川景色爲吟詠，這正是陳
與義的創新。因此，姚大勇〈陳與義詩歌新論〉便指出：「詩法由定
法走向活法，詩風由刻板走向自然，詩材由書本移向江山，這可說是
陳與義對江西詩派的重大貢獻。」〔註 53〕陳與義上承蘇、黃，使江西
詩的題材大爲擴展，其下又爲楊萬里的自然寫物詩導夫先路〔註 54〕，
就整個江西詩派發展的脈絡而言，他的創作確實具有關鍵性的意義。

　　陳師道、徐俯、韓駒、呂本中等人對理論的改革，與曾幾、陳與
義等在創作實踐上的變化，南渡後的江西詩派，顯然已經發生某種程
度的質變。當然，還是有很大一部份的江西詩人依然墨守陳規，但是
在詩壇上能夠熠熠生輝者，楊萬里絕對是其中的大家。就理論方面來
說，楊萬里繼承了呂本中的「活法」，並且加以運用在創作當中。張
鎡云：「造化精神無盡期，跳騰踔厲即時追。目前言句知多少，罕有
先生活法詩」，〔註 55〕周必大云：「誠齋萬事悟活法，誨人有功如利
涉」，〔註 56〕劉克莊作〈江西詩派總序〉時表示誠齋「眞得所謂活法，

〔註 50〕陳與義，〈同繼祖民瞻遊賦詩亭二首〉其一，《陳與義集》，卷 16，頁
　　　　258。
〔註 51〕陳與義，〈次韻光化宋唐年主簿見寄二首〉其二，《陳與義集》，卷 7，
　　　　頁 95。
〔註 52〕陳與義，〈寺居〉，《陳與義集》，外集，頁 520。
〔註 53〕姚大勇，〈陳與義詩歌新論〉，《中國韻文學刊》2001 第 1 期，頁
　　　　18。
〔註 54〕〔清〕謝啓昆〈讀全宋詩仿元遺山論詩絕句二百首〉論陳與義云：「誰
　　　　言詩到蘇黃盡？萬里南行眼界寬。」見《樹經堂詩初集》（上海：上
　　　　海古籍出版社，2002 年），卷 11，頁 16。陳衍評陳與義〈春日二首〉
　　　　曰：「已開誠齋先路。」見《宋詩精華錄》，卷 3，頁 109。
〔註 55〕張鎡，〈攜楊秘監詩一編登舟因成二絕〉其二，《南湖集》（台北：藝
　　　　文印書館，1966 年），卷七，頁 22。
〔註 56〕周必大，〈次韻楊廷秀待制寄題朱氏渙然書院〉，《周益國文忠公集·

所謂流轉圓美如彈丸者」，〔註57〕方回讀張鎡詩時也說：「端能活法參誠叟」，〔註58〕顯見詩壇對楊萬里實踐活法，表示相當的肯定。周汝昌先生認為：「誠齋的『活法』，除了包括著新、奇、活、快、風趣、幽默幾層意義之外，還有一點，就是層次曲折、變化無窮。」楊萬里曾賦有〈夏夜追涼〉詩云：「夜熱依然午熱同，開門小立月明中。竹深樹密蟲鳴處，時有微涼不是風。」〔註59〕陳衍對此詩評曰：「若將末三字掩了，必猜是說什麼風矣，豈知其不是哉？」〔註60〕換句話說，如果末三字是寫什麼風，把微涼的感受落實了，這首詩就顯得平常了。但楊萬里最後居然否定微涼的來源是風，這樣一來反倒使詩的鋪陳跳動起來，也讓全詩最終泛起淡淡的禪意。而《荊溪集》裡，也有層次曲折的表現：

> 愛他休日更新晴，忍卻春寒上古城。廢壘荒蘆無一好，春
> 來微徑總堪行。〔註61〕

在這首詩裡，楊萬里以四分之三的篇幅來描述自己在春寒公休之日登上古城，舉目所見俱是斷垣殘壁，荒煙蔓草。楊萬里沒有因此而開始垂弔古人，他反而是筆鋒一轉，寫下自己步行在春草橫生的小徑。這首詩的末兩句，先以「廢壘荒蘆無一好」，把整首詩推到荒廢、蕭索的端點，然後再以「春來微徑總堪行」，一方面表現出詩人豁達開朗的心胸，另一方面也透露出人文景觀衰敗，而自然生命卻昂揚的對比效果。對於楊萬里這種曲折的筆法，陳衍非常欣賞，他表示：「宋詩人之於七言絕句而能不襲用唐人舊調者，以放翁、誠齋、後村為最；大抵淺意深一層說，直意曲一層說，正意反一層、側一層

平園續薰》（北京：線裝書局，2004），卷1，頁457。
〔註57〕劉克莊，〈江西詩派總序〉，《後村先生大集》，卷95，頁822。
〔註58〕方回，〈讀張功父《南湖集》並序〉，《桐江續集》（台北：商務印書館，1983年），卷8，頁4。
〔註59〕楊萬里，〈夏夜追涼〉，《楊萬里集箋校》，卷5，頁288。
〔註60〕陳衍，《宋詩精華錄》（上海：上海古籍出版社，2008），頁139。
〔註61〕楊萬里，〈休日登城〉，《楊萬里集箋校》，卷8，頁466。

說。」〔註62〕又說：「作白話詩當學誠齋，看其種種不直致法子。」
〔註63〕而楊萬里的曲折筆法，其實正是源自黃庭堅對詩法的訓示：
「每作一篇，先立大意。長篇須曲折三致意，乃可成章」，以及「作
詩正如作雜劇，初時布置，臨了須打渾，方是出場。」〔註64〕就像
楊萬里〈荷橋暮坐〉：「橋剪荷花兩段開，荷花留我不容回。不勝好
處荷橋坐，政是涼時蚊子來。」〔註65〕前面三句鋪陳詩人對荷花的
留戀不已，正難分難解時，末句突然出現蚊子，使得全詩風味倏地
急轉，呈現出人意表的趣味來。

　　楊萬里對江西詩派的詩法理論也有研究。在〈和李天麟二首〉詩
裡，楊萬里將自己對詩法的領悟歸納爲：

　　學詩須透脱，信手自孤高。衣鉢無千古，丘山只一毛。句
　　中池有草，子外目俱蒿。可口端何似，霜螯略帶糟。〔註66〕

楊萬里並不反對學習詩法、句法，他認爲「句法天難秘，工夫子但
加」，下功夫學習是了解詩法的必要條件。但詩法只是學習的一部份，
要能眞正了解創作的意義，還必須經過「悟」、「透脱」。楊萬里的「透
脱」，取材自佛家禪宗語言。惠洪《禪林僧寶傳》卷十二記載僧問「既
悟體中玄，凡有言句，事理俱備，何須句中玄」時，薦福古禪師解爲：
「體中玄臨機，須看時節，分賓主，又認法身，法性能卷舒萬象，縱
奪聖凡，被此見解所纏，不得脱灑，所以須明句中玄，若明得謂之透
脱。」所謂「體中玄」，指的是無修飾的語句，乃依據所有事物之相
與理而表現的語句。如果膠著於體中玄，仍是落於語言文字諸相，不
能得到眞自在。因此薦福古禪師要僧人明白「句中玄」，不拘泥於言
語、離絕文字諸相，而眞悟其玄奧，獲得自性的清靜。達觀禪師亦

〔註62〕陳衍，《石遺室詩話》，卷16，頁257。
〔註63〕陳衍，《宋詩精華錄》，頁142。
〔註64〕《王直方詩話》「山谷論詩」條及「作詩如雜劇」條，見郭紹虞輯，
　　　　《宋詩話輯佚》（北京：中華書局，1980年），頁4與頁14。
〔註65〕楊萬里，〈荷橋暮坐〉，《楊萬里集箋校》，卷9，頁507。
〔註66〕楊萬里，〈和李天麟二首〉其一，《楊萬里集箋校》，卷4，頁199。

云：「才涉唇吻，便落意思，並是死門，故非活路，直饒透脫，猶在沉淪。」〔註67〕惟有認清語言文字的本質，不陷溺於其中，才能真正達到「不與物拘，透脫自在」〔註68〕的境地。

　　江西詩派使用「透脫」一詞，有黃庭堅〈答人求學書〉云：「公可得力者數篇，往願置左右，有透脫處，書來示喻。」〔註69〕與陳師道《後山談叢》：「讀書須知出入法。始當求所以入，終當求所以出。見得親切，此是入書法。用得透脫，此是出書法。蓋不能入得書，則不知古人用心處；不能出得書，則又死在言下。惟知出知入，得盡讀書之法也。」山谷的「透脫」，是指閱讀過程中對詩歌的領悟，還未具有詩歌美學的涵義。後山的「透脫」，則是表示讀書不要為書中的內容所粘滯，要能進能出，才是真讀書法。由此可見，後山論讀書的「透脫」之意，已經具有初步的理論意味了。而楊萬里〈和李天麟二首〉，明白表示學詩的終極與核心在於「透脫」，透脫就是悟。透脫了，作詩就能信筆成章，「縹緲鴻鵠上」；透脫了，就不會執著詩法；透脫了，就能創作出清新自然、卻又富含深意的詩；透脫了，創作出的詩就能在尋常的材料中，顯示出獨特而美好的滋味。胡建升〈楊萬里「透脫」考〉一文表示，對楊萬里而言，透脫「既是詩歌創作時的心理狀態，也是創作過程中應當運用的詩學技巧，更是詩歌創作的終極目標所在」，〔註70〕透脫一詞，也因楊萬里的演繹，「從一個禪學範疇過渡到詩學體系中的一個重要美學範疇」。

　　周汝昌先生在《楊萬里選集》裡解釋「透脫」云：「這是宋儒的一種理想，希望在生活體驗中對事物認真探索，通曉以後而能達到的

〔註67〕〔宋〕釋普濟，《五燈會元》（台北：商務印書館，1983 年），卷 12，頁 28。

〔註68〕慧然著，楊曾文編校，《臨濟錄》（鄭州：中州古籍出版社，2001 年），頁 22。

〔註69〕黃庭堅，《山谷集・別集》，卷 16，頁 2。

〔註70〕胡建升，〈楊萬里「透脫」考〉，《北京化工大學學報》社會科學版，2007 年第 2 期，頁 32。

一種修養境地。」〔註71〕這是從文學的思想方面來看。如果我們探究
「透脫」的概念在江西詩派詩論轉變的理路位置，就會發現它是呂本
中活法論述的再提升。錢鍾書先生認為，呂本中的活法「意思是要詩
人又不破壞規矩，又能夠變化不測，給讀者以圓轉而『不費力』的印
象」，而楊萬里的活法則不只於這種「規律和自由的統一」。他進一步
表示：

> 根據他（楊萬里）的實踐以及「萬象畢來」、「生擒活捉」
> 等話看來，可以說他努力要跟事物 —— 主要是自然界 ——
> 重新建立嫡親母子的骨肉關係，要恢復耳目觀感的天真狀
> 態。古代作家言情寫景的好句或者古人處在人生各種境地
> 的有名軼事，都可以變成後世詩人看事物的有色眼鏡，或
> 者竟離間了他們和現實的親密關係，支配了他們觀察的角
> 度，阻止了他們感受的範圍，使他們的作品「刻板」、「落
> 套」、「公式化」。……他們的心眼喪失了天真，跟事物接觸
> 得不親切，也就不覺得它們新鮮，只知道把古人的描寫來
> 印證和拍合，不是「樂莫樂兮新相知」而只是「他鄉遇故
> 知」。〔註72〕

錢鍾書先生的立論根源，正是嚴羽批評當時詩壇「多務使事，不問興
致」、「用字必有來歷」的弊病。以春、秋這類常見的題材為例，過去
詩人對自然景物的描寫大抵不出「悲落葉於勁秋，喜柔條於芳春」的
窠臼。而楊萬里則突破傳統，大膽歌詠自己對季節的當下感受。比方
這首〈秋涼晚步〉：

> 秋氣堪悲未必然，輕寒政是可人天。綠池落盡紅蕖卻，荷
> 葉猶開最小錢。〔註73〕

楊萬里一反悲秋傳統，寫出秋天的涼爽宜人；秋天荷池裡的荷葉，也
不同於夏日大開如傘，而是顯得玲瓏小巧。「春吟不似秋吟好，覓句

〔註71〕周汝昌，《楊萬里選集》，頁43。
〔註72〕錢鍾書，《宋詩選注》，頁255。
〔註73〕楊萬里，〈秋涼晚步〉，《楊萬里集箋校》，卷8，頁453。

新來分外清」，〔註74〕秋天在楊萬里的詩筆下不再只是蕭颯清索，它
仍然保有生命活潑的律動。秋天的詩，也因楊萬里的觀察與描繪，多
了一種清新可愛的姿態。從這個角度來看，楊萬里對江西詩派轉型的
貢獻不只是深化了活法的概念，他的創作實踐，更使得詩題、詩材、
乃至於詩人與創作整體都「活化」了。

　　楊萬里曾經焚去自己的江西詩，也從獨學江西諸君子而轉益多
師，但這些行動並不能證明他對江西詩派是厭惡的。在他辭謝前人、
自出己意以後，仍有「要知詩客參江西，政是禪客參曹溪」〔註75〕的
言論。楊萬里的參悟，正是對江西詩派要能出能入，不落前人詩作與
詩法理論之言筌。他在〈跋徐恭仲省干近詩〉云：

> 傳派傳宗我替羞，作家各自一風流。黃陳籬下休安腳，陶
> 謝行前更出頭。〔註76〕

不單是江西詩派的宗師如黃、陳，就連宋人心目中地位崇高的陶、謝，
楊萬里都表示了願青出於藍、自成一家的獨立創作意志。而這樣不死
守門派與祖宗家法的態度，也在他記下碧崖道士「無法無盂也沒衣」
〔註77〕的回答中再度得到驗證。我們再看一首楊萬里的論詩詩：

> 鍊句爐槌豈可無？句成未必盡緣渠。老夫不是尋詩句，詩
> 句自來尋老夫。〔註78〕

像是繞口令一樣，楊萬里把「句」與「爐槌」、「老夫」與「詩句」的
主客反覆對調。事實上，這正是創作的玄機。爐槌指的是詩法，是苦
思覓句，也可以是學習的經驗，無論如何，它代表了創作前所必須累

〔註74〕楊萬里，〈中秋無月，至十七日曉晴〉，《楊萬里集箋校》，卷10，頁
　　　　534。
〔註75〕楊萬里，〈送分寧主簿羅宏材秩滿入京〉，《楊萬里集箋校》，卷38，
　　　　頁1995。
〔註76〕楊萬里，〈跋徐恭仲省干近詩〉，《楊萬里集箋校》，卷26，頁1369。
〔註77〕楊萬里，〈酬閣皂山碧崖道士甘叔懷贈美名人不及，佳句法如何十古
　　　　風〉其二：「贈我新詩字字奇，一奩八百顆珠璣。問儂佳句如何法？
　　　　無法無盂也沒衣。」見《楊萬里集箋校》，卷38，頁1985。
〔註78〕楊萬里，〈晚寒題水仙花并湖山〉，《楊萬里集箋校》，卷29，頁1484。

積的札實學養功夫。妙的是錘鍊不一定能成句，佳句也不必然自錘煉而出，其中的關鍵正是詩人能不能「透脫」，演活詩法規矩而不為詩法規矩所驅使。我們回想〈文賦〉，雖然陸機闡述的是來去無蹤的創作靈感，但其中「或竭情而多悔，或率意而寡尤」的看法，某種程度也反映出創作與人之間不可力強而致的微妙關係。一旦洞察了句與法既相生又相剋，不執著死法，圓活運用於創作之中，就不會有「忽有好詩生眼底，安排句法已難尋」之憾，自然也無須覓句苦吟了。悟得此番道理，人與詩也不再區分主客，因而楊萬里能暢言「萬象畢來，獻予詩材。蓋麾之不去，前者未讎而後者已迫，渙然未覺作詩之難也」。

葛天民有詩〈寄楊誠齋〉云：「參禪學詩無兩法，死蛇解弄活潑潑」，〔註79〕很形象地闡述了楊萬里對江西詩派的貢獻。江西詩法是死的，楊萬里從理論上講活它，從創作上演活它。江西詩派的漸趨僵化，幾乎走上絕途，李格非、葉夢得等人紛紛痛批，〔註80〕而楊萬里的創新表現，也算是為它轉出一條活路。

第二節　《荊溪集》寫物與理學的觀物

《滄浪詩話・詩評》云：「本朝人尚理而病於意興。」〔註81〕嚴羽所指，除了宋詩好發議論的特徵外，真正以「理」為作詩旨趣的應屬理學派。理學派又稱道學派，方回為羅壽可詩作序曰：「乾淳以來……道學宗師，於書無所不通，於文無所不能，詩其餘事，而高古清勁，又有一朱文公。」〔註82〕元・袁桷〈書湯西樓詩後〉亦云：「至乾淳間諸老，以道德性命為宗，其發為聲詩，不過若釋氏輩條達明

〔註79〕葛天民，〈寄楊誠齋〉，《葛無懷小集》（台北：新文豐，1996 年《叢書集成三編》），頁 681。
〔註80〕錢鍾書，《宋詩選注》，頁 253。
〔註81〕嚴羽，《滄浪詩話校釋》，頁 148。
〔註82〕方回，〈方紫陽序詩〉，《隱居通議》，卷 6，頁 18。

朗。」〔註83〕宋末理學家金履祥編選《濂洛風雅》，蒐錄宋代理學家
周子、程子等四十八家詩，「自履祥是編出，而道學之詩與詩人之詩
千秋楚越矣。」〔註84〕可見理學派在宋代詩壇亦分割有一席江山。

邵雍（1012～1077）是宋代理學派的鼻祖，《滄浪詩話・詩體》
以人而論就列有「邵康節體」。邵雍自編詩集《擊壤集》，但作詩並不
是他的主業。魏了翁〈邵氏擊壤集序〉云：「邵子平生之書，其心術
之精微在《皇極經世》，其宣寄情意在《擊壤集》」，〔註85〕〈擊壤集
後序〉亦云：「先生之學以先天地為宗，以皇極經世為業，揭而為圖，
萃而成書。其論世尚友，乃直以堯、舜之事而為之師，其發為文章者，
蓋特先生之遺餘，至其形於詠歌，聲而成詩者，則又其文章之餘。」
〔註86〕對邵雍而言，詩歌的地位雖然不及道來得崇高，但詩卻具有抒
發性情的功能。〈擊壤集序〉開宗明義表示：「《擊壤集》伊川翁自樂
之詩也。非唯自樂，又能樂時，與萬物之自得也。」邵雍作詩的目的
是「自樂」與「樂時」，當中又能展現其「自得」之情。且看以下兩
首詩：

> 春去休驚晚，夏來還喜初。殘芳雖有在，得似綠陰無。〔註87〕
> 安樂窩前小曲江，新蒲細柳年年綠。眼前隨分好光陰，誰
> 道人生多不足。〔註88〕

季節的變換，時間的過渡，在中國抒情詩裡，常常反映著詩人對於
「無可奈何花落去，似曾相識燕歸來」的人生感慨。但邵雍沒有依

〔註83〕〔元〕袁桷，〈書湯西樓詩後〉，《清容居士集》（台北：商務印書館，
1983），卷48，頁5。
〔註84〕〔清〕永瑢等編撰，《四庫全書總目提要》（上海：商務印書館，1933
年），卷191，頁4245。
〔註85〕〔宋〕魏了翁，〈邵氏擊壤集序〉，《鶴山集》（台北：商務印書館，
1983年），卷52，頁1。
〔註86〕〔宋〕邢恕，〈伊川擊壤集後序〉，見《邵雍集》（北京：中華書局，
2010年），頁572。
〔註87〕邵雍，〈春去吟〉，《伊川擊壤集》，卷11，見《邵雍集》，頁346。
〔註88〕邵雍，〈安樂窩前蒲柳吟〉，《伊川擊壤集》，卷13，頁395。

循這個傳統，他反而是欣賞當下自然風物所呈現的樣態，不以物喜，不以己悲。邵雍表示：「近世詩人窮感則職于怨憝，榮達則專于淫泆，身之休感發于喜怒，時之否泰出于愛惡，殊不以天下大義而爲言者，故其詩大率溺于情好也。」〔註89〕情是陷溺人的大害，順著自己的好惡之情所作之詩，當然不會對人有所助益。因此，邵雍認爲惟有透過「以道觀道，以性觀性，以心觀心，以身觀身，以物觀物」，廓然大公的立場來觀察事物，「雖曰吟詠情性，曾何累于性情哉？」從這個態度出發，所創作出來的詩「如鑑之應形，如鐘之應聲」，它如實地反映著自然萬物與人之間最單純的聯繫。人「因閑觀時，因靜照物，因時起志，因物寓言，因志發詠，因言成詩，因詠成聲，因詩成音，是故哀而未嘗傷，樂而未嘗淫」，自然風物成爲觸發創作的主要動因，而不是人用以抒發悲喜的載具，詩因「樂時」而作，作詩何難之有？邵雍〈閒吟〉詩云：

> 忽忽閒拈筆，時時樂性靈。何嘗無對景？未始便忘情。句會飄然得，詩因偶爾成。天機難狀處，一點自分明。〔註90〕

正如邵雍的另一首詩〈無苦吟〉云：「平生無苦吟，書翰不求深。行筆因調性，成詩爲寫心。」〔註91〕詩的創作無須嘔心瀝血，拈鬚苦吟，因爲它是大自然飄然而來、偶然與人相會而成。詩人作詩，是因爲自然萬物對其心產生感悟，不得不發，而這些感悟，都蘊含著天地運行、生生不息的奧妙。

其實，不單是邵雍，幾乎所有的理學家都抱持著重道輕文的態度，程頤甚至對杜詩「穿花蛺蝶深深見，點水蜻蜓款款飛」句批評曰：「如此閒言語，道出做甚！」〔註92〕有趣的是，理學家們都喜歡

〔註89〕邵雍，〈伊川擊壤集序〉，《伊川擊壤集》，卷首，頁179。
〔註90〕邵雍，〈閒吟〉，《伊川擊壤集》，卷4，頁231。
〔註91〕邵雍，〈無苦吟〉，《伊川擊壤集》，卷17，頁459。
〔註92〕程顥、程頤撰，《河南程氏遺書》，卷18，見《二程集》，（台北：里仁書局，1982年），頁239。

徜徉於自然風光，也或多或少留下了歌詠自然的作品。宋・度正〈跋濂溪序彭推官宿崇勝院詩後〉云：「濂溪雅好佳山水，復喜吟咏。」〔註93〕《象山語錄》卷一亦載：「二程見周茂叔後，吟風弄月而歸。」〔註94〕這或許具有效法孔子與曾點風乎舞雩、詠而歸的形而上意涵，但這些歌詠自然的詩，確實也不乏清新可人又富涵理趣的作品。像是周敦頤〈春晚〉云：「花落柴門掩夕暉，昏鴉數點傍林飛。吟餘小立闌干外，遙見樵漁一路歸。」〔註95〕與〈牧童〉詩：「東風放牧出長坡，誰識阿童樂趣多。歸路轉鞭牛背上，笛聲吹老太平歌。」〔註96〕勾勒出一幅幅閒適自得的田園生活風景畫。程顥〈偶成〉云：「雲淡風輕近午天，望花隨柳過前川。旁人不識予心樂，將謂偷閒學少年。」〔註97〕所展現的陶然逸趣，幾乎可謂發誠齋「閒看兒童捉柳花」，「胸襟透脫」之先聲。二程〈秋日偶成〉：「萬物靜觀皆自得，四時佳興與人同」，〔註98〕更是傳唱千古的名句。朱熹〈春日偶作〉云：「聞道西園春色深，急穿芒屩去登臨。千葩萬蕊爭紅紫，誰識乾坤造化心。」〔註99〕從游賞走春的活動中，看出自然風物蓬勃的生命力；〈觀書有感〉：「半畝方塘一鑑開，天光雲影共徘徊。問渠那得清如許？爲有源頭活水來。」〔註100〕從自然景像「言日新之功」，〔註101〕也是歷來討論朱熹詩與道之關係的重要作品。這些閒吟、偶

〔註93〕〔宋〕度正，《性善堂稿》（台北：商務印書館，1970 年據故宮博物院所藏文淵閣本影印），卷15，頁6。
〔註94〕〔宋〕陸九淵，《象山語錄》（上海：上海古籍出版社，1992），卷1，頁4。
〔註95〕周敦頤，〈春晚〉，《全宋詩》，頁5065。
〔註96〕周敦頤，〈牧童〉，《全宋詩》，頁5065。
〔註97〕程顥，〈偶成〉，《全宋詩》，頁8229。
〔註98〕程顥、程頤，〈秋日偶成〉，《全宋詩》，頁8237、8374。
〔註99〕朱熹，〈春日偶作〉，陳俊明校編，《朱子文集》（台北：德富文教基金會出版 允晨文化總經銷，2000 年），卷2，頁72。
〔註100〕朱熹，〈觀書有感〉，《朱子文集》，卷2，頁73。
〔註101〕金履祥，《濂洛風雅》（台北：藝文印書館，1966 年），卷5，頁15。

成、有感之詩，是理學家觀照世間萬物的心得，他們採取了詩的形式來呈現。這樣無意爲詩而詩成的創作方式，與其他詩人有意爲詩，用典使事，依詩法而創作的心境大異其趣。朱熹便云：「今人學文者，何曾作得一篇？枉費了許多氣力。大意主乎學問以明理，則自然發爲好文章，詩亦然。」〔註102〕

今天我們認識的楊萬里，是南宋詩壇的一大作手。然而在元代史官脫脫所編纂的《宋史》中，楊萬里是放在「儒林」列傳來記載的。楊萬里的思想與理學很有淵源，他曾事師理學家胡銓、張浚、王庭珪，並與張栻、朱熹等理學大家時有往來。此外，他的父親楊芾畢生精研《易經》，家中藏書頗富。楊萬里著有《誠齋易傳》、《心學論》、《庸言》等，內容也與理學相涉。特別是《誠齋易傳》，在當時即因「以史學證經學」而享有盛名，曾與《程子易傳》合併刊刻爲《程楊易傳》。

楊萬里於零陵任官時與張栻交遊，當時誠齋正打算致力於宏詞科。張栻勸誡他往道德修爲方面努力，而不要在語言文字上追求。張栻曾經表示讀書「要當平心易氣，優遊涵泳」，〔註103〕若只靠言語上求解，不知玩味其旨，將會陷入「讀之愈勤，探義愈晦」的困局。他曾作〈送楊廷秀〉詩云：「昔人忘言處，可到不可會。還須心眼親，未許一理蓋。辭章抑爲餘，子已得其最。當知鄒魯傳，有在文字外」。張栻以魏晉玄學得意忘言的思維模式，期許楊萬里留心詩文深層的精神內涵，而不是著力於文辭技巧，以逞才鬥學爲目標。後來楊萬里作《庸言》時亦云：「讀書者，非言語之謂也，將以灌吾道德之本根，榮吾道德之枝葉也。」〔註104〕這樣的觀念，很可能是受了張栻等理學家的影響。

〔註102〕 朱熹，《朱子語類》，卷139，頁6889。
〔註103〕 張栻，〈答胡季隨〉，《南軒集》，卷25，見楊世文、王蓉貴點校，《張栻全集》（長春：長春出版社，1999年），頁901。
〔註104〕 楊萬里，〈庸言十二〉，《楊萬里集箋校》，卷93，頁3604。

　　張栻的詩，也與其他理學家一樣，造語簡單而饒富理趣。我們看這兩首詩：

　　　　律回歲晚冰霜少，春到人間草木知。便覺眼前生意滿，東風
　　　　吹水綠差差。〔註105〕

　　　　花開山與明，花落水流去。行人欲尋源，只在山深處。〔註106〕

人對於季節的更替，常常不如自然風物敏感。「春江水暖鴨先知」，透過對自然動、植物的變化，人才能感知又是春回大地。張栻很形象地把春天處處勃發的生機以鮮綠的色彩描繪出來，而這鮮綠不只存在草木，就連東風吹拂下的水面，也是一片綠意盎然。第二首詩第一聯很有〈辛夷塢〉的哲理意味，花自開自落，開時滿山綻放，落時順水流走，全無關乎人世。人要尋的「源」，淺一層說是水面落花的來源，再深一層說是花開花落的來源，更深一層說是宇宙生命的來源，都要回到深山當中，因為花正是在深山裡開與落，離開了人世的紛擾，人才能在靜謐的自然空間裡體悟到生命運轉流行的恆常道理。這樣透徹地直觀生命，歸結出宇宙永恆的意義，不禁讓我們聯想到宋儒「格物致知」的功夫。「格物致知」出自《禮記·大學》，到了宋代與《易傳》的「窮理盡性」結合起來，成為理學方法論中的重要範疇。格物致知的意義，在於通過對物的認知和把握，揭示宇宙間具有普遍性和永恆性之「理」。程頤、程顥云：「格物者，格，至也。物者，凡遇事皆物也」，〔註107〕「物則事也，凡事上窮極其理則無不通」，〔註108〕這是從認識論出發，認為一切客觀事物及人的活動都是「物」，都能從中歸納出共通之「理」。朱熹亦云：「凡天地之間眼前所接之事皆是物」，〔註109〕並進一步指出：「天道流行，造化發育，凡有聲色貌象而盈於

〔註105〕　張栻，〈立春日禊亭偶成〉，《南軒集》，卷7，頁631。
〔註106〕　張栻，〈題曾氏山圖十一詠·桃花塢〉，《南軒集》，卷7，頁656。
〔註107〕　程頤、程顥，〈程氏學拾遺〉，《二程外書》，卷4，見《二程集》，頁372。
〔註108〕　程顥、程頤撰，《河南程氏遺書》，卷15，頁143。
〔註109〕　朱熹，《朱子語類》，卷57，頁2851。

天地之間者，皆物也。既有是物，則其所以爲是物者，莫不各有當然之則。」〔註110〕強調「物」有其客觀的存在。正因物的包羅萬象，各依其則，所以理學家冀望透過對客觀「物」的一一明察，認識出它們背後的共同依歸，故朱熹云：「古人之學，以致知爲先，而致知之方，在於格物。」〔註111〕雖然理學家格物是爲了「即物而窮理」，但程子表示：「所謂窮理者，非必盡窮天下之物，又非只窮一物而眾理皆通。但要積累多後，脫然有貫通處。」〔註112〕這種累積、漸悟的看法，與陳師道、韓駒、呂本中、楊萬里等江西詩派的詩學觀念，在精神上頗有共通之處。

楊萬里對「格物致知」的修養功夫也奉行不悖。他曾云：「某也生乎今之世，而慕乎古之樂，獨嘗歎中庸一貫之妙，致知格物之學。此聖賢授受之秘，而六經流出之源。」，〔註113〕又云：「致知在格物，君子之學蓋如此。」〔註114〕而對於「物」與「道」的關係，楊萬里的看法是：

> 易曰：「有天地然後有萬物，有萬物然後有男女，有男女
> 然後有夫婦，有夫婦然後有父子，有父子然後有君臣，有
> 君臣然後有上下，有上下然後禮義有所措。」夫惟有是物
> 也，然後是道有所措也。彼異端者，必欲舉天下之有而泯
> 之於無，然後謂之道。物亡道存，道則存矣，何地措道哉？
> 〔註115〕

楊萬里此言很明顯是針對道家「有生於無」之說而設，他認爲物與道是互相闡發的，物是道的載具，捨棄了物，道就無所安頓。他在《誠齋易傳》解釋〈繫辭上〉「聖人有以見天下之賾」云：

> 象者何也？所以形天下無形之理也。爻者何也？所以窮天

〔註110〕 朱熹，《朱子文集》，卷15「經筵講義」，頁493。
〔註111〕 朱熹，〈答趙民表〉，《朱子文集》，卷64，頁3220。
〔註112〕 朱熹，〈記程門諸子論學同異〉，《朱子文集》，卷70，頁3518。
〔註113〕 楊萬里，〈上張子韶書〉，《楊萬里集箋校》，卷63，頁2713。
〔註114〕 楊萬里，〈通州重修學記〉，《楊萬里集箋校》，卷74，頁3053。
〔註115〕 楊萬里，〈庸言五〉，《楊萬里集箋校》，卷91，頁3580。

> 下無窮之事也。何謂形天下無形之理？今夫天之高、地之
> 厚、日月之明、雨露之潤，人皆可得而見也，未離夫物之
> 有形故也。至於其所以高、所以厚、所以明、所以聞、所
> 以潤，人不可得而見也，其理無形故也。〔註116〕

楊萬里的意思是，天、地、日、月、雨、露都是具體而有形的物象，
藉由這些物象，人才能了解高、厚、明、潤等無形而抽象的概念。接
著，他解釋「生生之謂易」云：

> 易者何物也？生生無息之理也。是理也，具於天地，散於
> 萬物；聚於聖人，形於八卦。

宇宙生命流行之道，存在於萬事萬物當中。聖人得之，將這無形的道
理，以具體的八卦圖像表現出來。那麼，同樣洞悉萬物背後所蘊含之
理的誠齋，除了行諸哲理文字外，也很可能以詩的形式，描摹具體的
自然萬象，來表現天地生生不息的抽象之道。楊萬里〈郡圃小梅一枝
先開〉詩云：「小窠梅樹太尖新，先為東風覓得春。後日千株空玉雪，
如今一朵許精神。」〔註117〕天地化育萬物是沒有止息的，四季皆然，
即使是在冰凍的時分，大地似乎是靜止了，但一枝先開的小梅都能為
人間帶來春的訊息。這正是《中庸》所謂「莫見乎隱，莫顯乎微」，
能觀察到最隱微處，就能發現天地的生機。

　　前面我們提到邵雍「以物觀物」的思維方式，事實上也反映著與
「格物」同樣的精神。邵雍云：「夫所以謂之觀物者，非以目觀之也，
非觀之以目而觀之以心也，非觀之以心而觀之以理也。天下之物莫不
有理焉，莫不有性焉，莫不有命焉。所以謂之理者，窮之而後可知也；
所以謂之性者，盡之而後可知也；所以謂之命者，至之而後可知也。
此三知者天下之真知也。」〔註118〕觀物要以物本身所具之理來觀之，
才能從中發現天道性命的真理。邵雍又說：「以物觀物，性也；以我

〔註116〕　楊萬里，《誠齋易傳》（北京：九州出版社，2008年），卷17，頁248。
〔註117〕　楊萬里，〈郡圃小梅一枝先開〉，《楊萬里集箋校》，卷8，頁456。
〔註118〕　邵雍〈觀物內篇〉，《皇極經世書》（台北：中華書局，1965年），卷
　　　　　6，頁26。

觀物，情也。性公而明，情偏則暗」，「任我則情，情則蔽，蔽則昏矣；
因物見性，性則神，神則明矣。」惟有去除我之見，才能無所偏私，
照見萬物之理。楊萬里也有相似的看法，〈庸言十四〉云：

> 或問：「物以數來，我以誠應，將無墮彼乎？」楊子曰：「子
> 不見夫鏡乎？無一物，故見萬物。」〔註119〕

明心如鑑，映照萬物，尚且不夠。邵雍進一步指出，要表裡洞照。「表
裏洞照，其唯聖人」，〔註120〕因為聖人能「盡物之性，去已之情」，
化去物我之別，統合萬物之情：

> 聖人之所以能一萬物之情者，謂其聖人之能反觀也。所以
> 謂之反觀者，不以我觀物也。不以我觀物者，以物觀物之
> 謂也。既能以物觀物，又安有我於其間哉？是知我亦人也，
> 人亦我也，我與人皆物也。〔註121〕

「我與人皆物也」的觀念，泯除了人與物的位階，使物還原為物本身
的樣貌，不必負載人的榮辱悲喜。從這個角度看待世間一切事物，邵
雍歸結出萬事萬物都有其枯盛榮衰，〈觀物吟〉云：「時有代謝，物有
枯榮，人有盛衰，事有廢興。」〔註122〕對於萬物的「榮瘁迭起」，楊
萬里也有認識。〈庸言十二〉云：

> 今夫木同一本根也，然方其榮也，枯者或與之同日：及其
> 凋也，生者或與之并時。故華敷而葉實，枯槁而萌出，此
> 造化無息之妙也。〔註123〕

以木觀木，而非以花與葉的榮枯表現來觀木，因而發現生命不但是循
環往復，且萌生與凋零並存，這正打破了人對時間的概念，直透宇宙
生命生生不息的本質。「榮變而枯，末離而本，不離鬢變而素，色改
而質不改，此變也。」〔註124〕物形體的變化，而其本質並未改變。

〔註119〕楊萬里，〈庸言十四〉，《楊萬里集箋校》，卷93，頁3610。
〔註120〕邵雍，〈觀物吟〉，《伊川擊壤集》，卷17，頁456。
〔註121〕邵雍，〈觀物內篇〉，頁26～27。
〔註122〕邵雍，〈觀物吟〉，《伊川擊壤集》，卷14，頁405。
〔註123〕楊萬里，〈庸言十二〉，《楊萬里集箋校》，卷93，頁3604。
〔註124〕楊萬里，〈庸言三〉，《楊萬里集箋校》，卷91，頁3573。

楊萬里〈上元後猶寒〉詩云：

　　道是春工做物華，春工元自不由他。杏花只作去年面，萱
　　草別抽今歲芽。〔註125〕

春並不是生命生機的來源，它只是展現了宇宙運行的循環。盛開的杏
花與萌芽的萱草，也同樣重複著生命周期的生滅，去年與今歲都是人
的時間概念，花草的生命本質其實並無不同。正如邵雍詩云：「年老
逢春認破春，破春不用苦傷神。身心自有安存地，草木焉能媚惑人。
此日榮為他日瘁，今年陳是去年新。世間憂喜常相逐，多少酒能平得
君。」〔註126〕春去秋來，四季循環變換，草木的榮瘁，人事的憂喜，
不但是彼此相對的概念，也同樣是順著天道運行。「造化分明人莫會，
花榮消得幾何功」，〔註127〕在理學家看來，花開花落都是造化的表
現，詩人的傷春悲秋全出於以己觀物，對理解天道是全然無功的。因
此，應該回歸物的本質，以物觀物，才能識得物之理。

　　《鶴林玉露》卷三云：「大抵登山臨水，足以觸發道機，開豁心
志，為益不少。」不過，對於理學家而言，自然生機不必遠求，關心
生活周遭，也能獲益良多。邵雍的「安樂窩」，就是他觀物知理、悠
然自樂的泉源。〈堯夫何所有〉詩云：「堯夫何所有，一色得天和。夏
住長生洞，冬居安樂窩。鶯花供放適，風月助吟哦。竊料人間樂，無
如我最多。」〔註128〕他的《擊壤集》，也在是安樂窩裡「自歌自詠自
怡然」〔註129〕的創作。與江西詩人的覓句苦吟相較，邵雍寫詩輕鬆
自在得多，他的詩材取自日常生活所見，「萬物有情皆可狀」，「一編
詩逸收花月」。〔註130〕而他的創作方式，是「歡時更改三兩字，醉後
吟哦五七篇」，隨興賦詩，無所謂詩法。雖然，《擊壤集》裡不乏專談

〔註125〕楊萬里，〈上元後猶寒〉，《楊萬里集箋校》，卷12，頁631。
〔註126〕邵雍，〈年老逢春十三首〉其十三，《伊川擊壤集》，卷10，頁325。
〔註127〕邵雍，〈安樂窩中自貽〉，《伊川擊壤集》，卷8，頁292。。
〔註128〕邵雍，〈堯夫何所有〉，《伊川擊壤集》，卷13，頁398。
〔註129〕邵雍，〈安樂窩中詩一編〉，《伊川擊壤集》，卷9，頁318。
〔註130〕邵雍，〈安樂窩中四長吟〉，《伊川擊壤集》，卷9，317。

道理，類似語錄的作品，但也有一些作品卻也頗富詩意。比方〈林下五吟〉詩云：「老年軀體索溫存，安樂窩中別有春。萬事去心閑偃仰，四支由我任舒伸。庭花盛處凉鋪簟，簷雪飛時軟布裯。誰道山翁拙於用，也能康濟自家身。」〔註131〕這首詩語言平易，毫無費心雕琢的痕跡，展現安樂窩中的閒適之情。而像〈安樂窩中看雪〉詩：「同雲漠漠雪霏霏，安樂窩中臥看時。初訝後園羅玉樹，卻驚平地璨瑶池。未逢寒食梨花謝，不待春風柳絮飛。酒放半醺簾半卷，此情無使外人知。」〔註132〕則稱得上是邵雍詩作中，語言較爲工整的作品了。

　　邵雍把安樂窩中所見所感寫成詩，也讓我們回憶起楊萬里《荊溪集》序文自述「自此每過午，吏散庭空，即攜一便面，步後園，登古城，採擷杞菊，攀翻花竹」。楊萬里的「吏隱」，同樣讓他得以在生活周遭觀察物象，尋找可供思索的材料。有趣的是，日日接觸自然風物讓楊萬里不是在理學，而是在詩學上有了新的體認。從《荊溪集》的詩來看，這些反映自然的作品，又似乎與理學以物觀物的概念隱然相連。黃寶華認爲，楊萬里的創作路數是於萬物中參悟其理，發掘其趣，「他的詩中也有景物意象，但它們所傳達的不是那種悠遠深長的情韻，而是從主體中體味出哲理與情趣」，〔註133〕跳脫了寓情於景的傳統詩學觀念，「這是理學家活處觀理或禪家的於方法中悟道的思想特色浸潤於詩歌創作所產生的結果。」王琦珍研究楊萬里詩風轉變時也表示，楊萬里學習晚唐，但卻不同於後來江湖派那樣摭扯古人衣冠，「把晚唐萎弱的氣格也繼承過來，他的詩並不具鳥鳴花叢、蟲吟草間的衰弊氣息。」〔註134〕對著同一題材進行多次側寫，並以動態來描寫動、植物活潑的生命情態，這一點在《荊溪集》裡表現特別明顯，也可視爲理學思想在誠齋詩中的呈現。正如

〔註131〕　邵雍，〈林下五吟〉其二，《伊川擊壤集》，卷8，頁301。
〔註132〕　邵雍，〈安樂窩中看雪〉，《伊川擊壤集》，卷9，頁316。
〔註133〕　黃寶華，〈楊萬里與「誠齋體」──楊萬里詩學述評〉，《上海師範大學學報》2002年第4期，頁80。
〔註134〕　王琦珍，〈論楊萬里詩風轉變的契機〉，頁89。

清代文史大家全祖望不同意將宋詩截然劃分爲「詩人之詩」與「學人之詩」，他認爲宋代詩人入學派，學人入詩派的情形很常見，而楊誠齋就是學人入詩派的一例。〔註135〕因此，當我們考量楊萬里《荊溪集》何以突破作詩瓶頸，寫物詩創作頻率如此之高，理學觀物、格物的影響，實在不容小覷。

理學思想對楊萬里的創作觀念最重要的影響，應該是鼓勵誠齋走出書齋，從自然中採擷詩材。〈清明雨寒〉其七詩云：

閉戶何緣得句來？開窗更倩雨相催。只言春色都歸去，小樹桃花政晚開。〔註136〕

離開書齋，親近自然，一新感受想法的經驗，朱熹也有體會，因而作有詩云：「川原紅綠一時新，暮雨朝晴更可人。書冊埋頭無了日，不如拋卻去尋春。」〔註137〕這是理學家轉換治學方式，從而眞正認識天地萬物的心得。事實上，《荊溪集》之前，楊萬里已有詩云：「郊行聊著眼，興到漫成詩」，〔註138〕「起來聊覓句，句在眼中山」，〔註139〕「此行詩句何須覓？滿路春光總是題」，〔註140〕顯見自然風物足可引發詩興，誠齋早有體認。而在《荊溪集》裡，我們時常可以看見楊萬里擺脫創作的限制，自在寫詩的喜樂之情，他不只一次表示「隨分哦

〔註135〕　〔清〕全祖望〈寶甎集序〉云：「因念世之操論者，每言學人不入詩派，詩人不入學派。吾友杭堇浦亦力主之。余獨以爲，是言也蓋爲宋人發也，而殊不然。張芸叟之學出於橫渠，晁景迂之學出於涑水，汪青溪、謝無逸之學出於滎陽呂侍講，而山谷之學出於孫莘老，心折於范正獻公醇夫，此以詩人而入學派者。楊尹之門而有呂紫微之詩，胡文定公之門而有曾茶山之詩，湍石之門而有尤遂初之詩，清節先生之門而有楊誠齋之詩，此以學人而入詩派者也。」見《鮚埼亭集》（台北：華世出版社，1977），卷32，頁406。

〔註136〕　楊萬里，〈清明雨寒〉其七，《楊萬里集箋校》，卷9，頁488。

〔註137〕　朱熹，〈出山道中口占〉，《朱子文集》，卷9，頁302。

〔註138〕　楊萬里，〈春晚往永和〉，《楊萬里集箋校》，卷2，頁134。

〔註139〕　楊萬里，〈和昌英主簿叔社雨〉，《楊萬里集箋校》，卷2，頁131。

〔註140〕　楊萬里，〈送文蔚叔主簿之官松溪〉，《楊萬里集箋校》，卷5，頁278。

詩足散愁，老懷何用更冥搜」，〔註141〕「興來長得句，卻道在塵寰」，
〔註142〕「何須師鮑謝？詩在玉虛中」，〔註143〕這樣隨性所致，信筆
成詩的創作方式，已經與過去模仿前人，覓句苦吟的態度大有不同。

《荊溪集》之後的更多詩裡，楊萬里明白表示創作全賴自然景物之助
而成。我們且看以下的例子：

> 詩家不愁吟不徹，只愁天地無風月。〔註144〕
>
> 城裏哦詩枉斷髭，山中物物是詩題。〔註145〕
>
> 山思江情不負伊，雨姿晴態總成奇。閉門覓句非詩法，只
> 是征行自有詩。〔註146〕
>
> 詩人長怨沒詩材，天遣斜風細雨來。〔註147〕
>
> 哦詩只道更無題，物物秋來總是詩。〔註148〕

無論是地上的山川風物，還是天上的風雲變化，都是楊萬里創作的對
象。〈晚風寒林〉詩云：

> 樹無一葉萬梢枯，活底秋江水墨圖。幸自寒林俱淡筆，卻
> 將濃墨點栖烏。〔註149〕

楊萬里以墨筆的濃淡，表示寒林與烏鴉在色澤上的深淺與遠近的空間
關係。順著楊萬里的詩筆，一幅鮮活的秋江水墨畫躍然紙上。在楊萬
里看來，他所見的景色本來就是天地的大作。改變了創作的方式，從
自然中尋找題材，使楊萬里感到自己去除了詩人之病，渙然未覺作詩

〔註141〕 楊萬里，〈秋懷〉，《楊萬里集箋校》，卷10，頁531。
〔註142〕 楊萬里，〈近節〉，《楊萬里集箋校》，卷11，頁575。
〔註143〕 楊萬里，〈雪晴〉，《楊萬里集箋校》，卷11，頁586。
〔註144〕 楊萬里，〈雲龍歌調陸務觀〉，《楊萬里集箋校》，卷19，頁999。
〔註145〕 楊萬里，〈寒食雨中同舍約游天竺，得十六絕句，呈陸務觀〉，《楊
萬里集箋校》，卷20，頁1007。
〔註146〕 楊萬里，〈下橫山灘頭望金華山〉其二，《楊萬里集箋校》，卷26，
頁1356。
〔註147〕 楊萬里，〈瓦店雨作〉，《楊萬里集箋校》，卷29，頁1505。
〔註148〕 楊萬里，〈戲筆〉，《楊萬里集箋校》，卷14，頁716。
〔註149〕 楊萬里，〈晚風寒林〉其二，《楊萬里集箋校》，卷10，頁555。

之難。《文心雕龍‧物色》云：「山林皋壤，實文思之奧府。略語則闕，詳說則繁。然屈平所以能洞監風騷之情者，抑亦江山之助乎？」司空圖《二十四詩品》「自然」條表示：「俯拾即是，不取諸鄰。俱道適往，著手成春。如逢花開，如瞻歲新。真與不奪，強得易貧。幽人空山，過雨采蘋。薄言情悟，悠悠天鈞。」不論是從山川風物中採擷自然詩材，抑或是以清新的語言、意象，不刻意雕琢所顯現出風格的「自然」，我們都能在楊萬里《荊溪集》中找到相印的例證，而更值得注意的是，楊萬里正是從自然當中體悟出他的哲學與詩學，並且加以貫通，形成獨樹一幟的「誠齋體」。郭艷華指出：「理學家的目的是『體物觀道』，而文學家必然是在把握事物的本質特徵之後才能『處靜而觀動』，使『萬物之情必呈於前』。」〔註150〕從這一點看來，楊萬里所言「萬象畢來，獻予詩材」，正是因為他能領略萬象背後的本質，不加一己之私情，將所見盡可能如實呈現，所以在他的《荊溪集》裡，物象總是顯得那麼生動活潑，每一次描寫都展現了不同的姿態。

　　楊萬里好寫自然風物，在《荊溪集》以後已經成為個人特色。好友張鎡曾描述誠齋詩：「南紀山川題欲徧，中朝文物寫無遺」，〔註151〕姜夔更是揶揄他：「年年花月無閑日，處處山川怕見君」。然而我們考察誠齋詩，寫物的對象並無特別創新，蚊蠅蟲蚋宋代前輩如梅堯臣等都已入詩，特別是寫梅、寫雪、寫荷花的詩更是傳統題材。那麼，除了創作的數量之外，楊萬里又是如何表現，讓南宋詩壇乃至現代如錢鍾書先生等學者，都關注到他對自然風物的描寫呢？且看楊萬里的〈春興〉：

　　　　窗底梅花瓶底老，瓶邊破硯梅邊好。詩人忽然詩興來，如
　　　何見硯不見梅。急磨玄圭染霜紙，撼落花鬚浮硯水。詩成

〔註150〕　郭艷華，〈「格物致知」對「誠齋體」詩學品格的影響探析〉，頁75。
〔註151〕　張鎡，〈誠齋以《南海》《朝天》兩集詩見惠，因書卷末〉，《南湖集》，卷6，頁8。

字字梅樣香，卻把春風寄誰子？〔註152〕

這首詩從窗底瓶中的梅寫起，然後連接到一方硯台，以及坐在桌前的詩人。原本各自獨立的事物，卻因詩人突如其來的詩興，全部融和在一起。楊萬里巧妙運用花落硯台，與墨同磨，表示寫成的字都帶有梅花香氣，事實上他是步步引導，使讀者感受、品味著這首「梅花詩」。楊萬里有詩云：「落霞秋水只似舊，如何入筆事事新」，〔註153〕他也注意到了題材的侷限性。面對這些尋常的寫景題材，錢鍾書先生曾批判過去詩人好用典、仿古，就像戴了「有色的眼鏡」，這一點楊萬里也早有認知，因而表示「不是胸中別，何緣句子新？」。〔註154〕是故，我們看到了楊萬里對春興詩或梅花詩有了與眾不同的處理，他揉合了梅花與詩、自然與人文，使其成爲水乳交融的一片，而詩人就像是被驅動著寫出這片美好風景，沒有目的，沒有欲寄語的對象。於是，「春興」就真的是因春興起而作之詩。楊萬里在〈答建康府大軍庫監門徐達書〉表達了他對依興作詩的高度讚揚：

> 大抵詩之作也，興上也，賦次也，賡和不得已也。我初無意於作是詩，而是物是事適然觸乎我，我之意亦適然感乎是物。是事觸焉感焉，而是詩出焉，我何與哉？天也，斯之謂興。或屬意一花，或分題一草，指某物，課一詠，立某題，徵一篇是已，非天矣。然猶專乎我也，斯之謂賦。至於賡和，則孰觸之，孰感之，孰題之哉？人而已矣。出乎天，猶懼戕乎天，專乎我，猶懼強乎我，今牽乎人而已矣，尚冀其有一銖之天，一黍之我乎？蓋我嘗覿是物，而逆追彼之覿。我不欲用是韵，而抑從彼之用，雖李、杜能之乎？而李、杜之不爲也。是故李、杜之集無牽率之句，而元、白有和韵之作。詩至和韵，而詩始大壞矣。〔註155〕

〔註152〕 楊萬里，〈春興〉，《楊萬里集箋校》，卷12，頁610。
〔註153〕 楊萬里，〈送別吳師〉，《楊萬里集箋校》，卷6，頁326。
〔註154〕 楊萬里，〈蜀士甘彥和寓張魏公門館用予見張欽夫詩韻作二詩見贈和以謝之〉，《楊萬里集箋校》，卷4，頁211。
〔註155〕 楊萬里，〈答建康府大軍庫監門徐達書〉，《楊萬里集箋校》，卷67，

起初無意於詩，因事物觸動心弦而創作，其實就是黃庭堅所謂「待境而生」。不過，楊萬里把依興而作之詩歸諸天，與賦以及矒和這樣不出於詩興之詩明白區隔，並不單單為了表達他對創作動機的嚴格檢視。事實上這樣的觀點，無形中也透露出他與物齊平的思想。普天之下，人只是屬於萬事萬物的一分子。人寫詩的行為，某種程度上不算是「創作」，它是天藉由人的語言文字來表現事物的各種面向。

　　《滄浪詩話・詩辨》云：「夫詩有別材，非關書也；詩有別趣，非關理也。然非多讀書，多窮理，則不能極其至。所謂不涉理路，不落言筌，上也。」〔註156〕嚴羽的說法，是要後學既不廢學理，又不呆滯於學理。雖然楊萬里的一些寫物詩，也反映了他對自然的觀察以及對宇宙運行的看法，但與理學派詩人不同的是，楊萬里的詩從未放棄對審美的追求。即使自《荊溪集》以後，他改變了創作的方式，然而詩句裡不時出現「苦吟」、「覓句」之詞，〔註157〕說明誠齋把寫詩的活動過程也納入了創作的思考範圍。他曾言：「詩非文比也，必詩人為之。如攻玉者必得玉工焉，使攻金之工代之琢則窳矣。而或者挾其深博之學，雄雋之文，於是釅梏其偉辭以為詩，五七其句讀，而平上其音節，夫豈非詩哉？」〔註158〕我們曾經引述這段話來佐證楊萬里對江西詩派的不滿，現在把它用以討論理學詩也一樣合宜。楊萬里因為注意到詩所具有的審美性質，所以他的詩蘊含著更多的詩意在其中。也因為擁有學人與詩人的雙重身分，楊萬里才能突破創作的瓶頸，走出資書為詩的窠臼，親近自然，從中擷取詩材，發掘詩學的新意。

小　結

　　江西詩派是一個後起的、鬆散的概念，何謂江西詩派，定義向來

　　　　頁2841。
〔註156〕　嚴羽，《滄浪詩話校釋》，頁26。
〔註157〕　請參考本文第二章第三節，頁46～47。
〔註158〕　楊萬里，〈黃御史集序〉，《楊萬里集箋校》，卷79，頁3209。

就有爭議。楊萬里也曾為江西詩派作過註解，在他定義下的江西詩派，是以味不以形，但其實這個觀點也是其來有自。由黃庭堅所領軍的江西詩派注重詩法是眾所周知的，不過詩法只是學習的過程，真正的創作還要靠詩人自己的領悟，這個觀念，從陳師道、徐俯、韓駒、呂本中、到曾幾等江西大家都有論述。他們一方面檢討江西詩派的弊端，擴展了學習的範圍，一方面也在創作實踐上有所變化。我們可以從徐俯到陳與義，清新自然、少用典故的寫景詩裡得到印證。不論是劉克莊以楊萬里接續呂本中、曾幾，或者是清代陳衍所謂陳與義「已開誠齋先路」，我們都可以看出江西詩派變調的軌跡。而楊萬里對江西詩派的貢獻，在詩歌表現上，是內容新奇、層次曲折，回應了黃庭堅的詩法，卻也能別出心裁。而在理論建樹上，他的透脫，也是活法論的發揮。

進一步來說，《荊溪集》活潑的風格，也是一種活法的表現。我們從楊萬里的理學背景來看，不難發現這對他的創作也有影響。理學家重道輕文，讓楊萬里領會不必苦吟，也能隨興賦詩。程朱的格物致知，與邵雍的以物觀物等理學概念，也讓楊萬里親近自然，觀察生活周遭，並泯除物我的主客界線。楊萬里的寫物詩與晚唐最大的不同，在於他沒有一絲蕭索的氣息，《荊溪集》詩總是活潑開朗，反映出楊萬里汲取理學對宇宙生命生生不息的主張。

那麼，誠齋詩為什麼沒有發展成理學詩？我們可以從兩方面觀察。一是楊萬里對詩味的執著，他說「詩非文比也，必詩人為之」，理學家觀物最主要的目的是體道，詩只是論道的載具。失去詩味，在楊萬里看來只是五七其句讀，平上其音節，根本不能算詩。第二，我們看《荊溪集》的詩，他把物描繪得生動自然卻又活潑可愛，體現了萬物之情，也具有審美性質，這都是他與理學詩不同的地方。因此，我們可以說，楊萬里《荊溪集》寫物詩是他的詩學與理學背景交互作用下的產物。楊萬里的成就，在於他一方面從理學觀物的角度，改變了詩歌抒情言志的內容，另一方面卻又從詩味的要求，補足了理學詩

所忽略的美感經驗。《荊溪集》裡生動活潑的物象，與其中洋溢的悠然樂趣，正是他實踐自我的初步呈現。

　　李慈銘曾批評楊萬里「似《擊壤》而乏理語，似江湖而乏秀語」，實際上正點出了楊萬里在宋代詩壇的關鍵地位。他出身江西詩派，卻欣賞富有深刻時代意義、表現委婉諷刺的晚唐詩；他具有理學根柢，卻又「由學人入詩派」，發展出具有思辨內容，卻又不乏詩味與詩意的作品。從誠齋詩裡，我們可以看到這些不同的觀念同時並存，激盪出楊萬里獨特的創作風格。因此，當嚴羽獨列出「楊誠齋體」，視楊萬里自成一家時，我們不能孤立來看這項說法，或者是線性地排列楊萬里的創作與學習歷程。從《荊溪集》來看，我們更應該思索楊萬里詩歌產生背後可能牽涉的各種因素，並全盤考量理學與詩學對他的種種影響，才能真正認識誠齋體。

第五章　結　論

一、研究成果

綜觀現今對楊萬里詩歌的研究，主要集中在誠齋師承源流與詩風轉變、誠齋詩與理學思想、誠齋詩學、以及按題材或詩集的分類研究。這些文獻，為我們提供了認識楊萬里詩的各種面向，也引發本文深入探討的動機。上述的研究，事實上彼此互涉，而它們也不約而同的關注到《荊溪集》對楊萬里詩歌創作的關鍵意義。因此，本文吸取各家所長，從寫物詩入手，試圖論述《荊溪集》在楊萬里詩歌學習與創作歷程中的特殊之處。

對楊萬里而言，《荊溪集》的創作無疑是他文學生涯一次重大的突破。在此之前，他不斷學習前人，但卻深感「學之愈力，作之愈寡」。直到居官毗陵，「忽若有寤」，改變了創作的方式，才解除他作詩的困境。事實上，楊萬里撰寫〈荊溪集序〉時已經六十一歲了，距離第一首《荊溪集》詩也有十年之久，因此這篇序文只是他對過去的回憶，未必是毗陵當時真切的感受。那麼，他自述的學習與創作歷程可信嗎？

為了解決這個疑慮，本文追溯誠齋詩的師承源流時，不單採取他詩序自述的經歷，而是從楊萬里由幼到長的學習過程，觀察他獨立創

作之前的背景，同時考量誠齋的社交狀況，以充分掌握影響他創作觀念形成的可能原因。我們知道，楊萬里青年時最重要的導師王庭珪與劉才邵都是蘇、黃的擁護者，他們以「太學犯禁之說」教導楊萬里，讓他早年就濡染詩歌須以反應現實，關懷時局為內容。楊萬里對詩的基本認識，並不是來自於詩的形式，而是詩歌必須承載的精神內涵。以此出發，楊萬里得以統合晚唐詩的表現與黃庭堅詩法，因為前者是因事起興，而後者正主張詩「待境而生」。楊萬里並未忽略晚唐詩的形式美，他主張「詩非文比也，必詩人為之」，說明詩的形式提供了無可替代的美感經驗。也就是說，楊萬里是從內容層面認識到黃庭堅與晚唐詩可貫通之處，再從晚唐詩形式的精工上印證黃庭堅詩法的必要性。本文第一項研究成果，就是匯通黃庭堅與晚唐詩，貫串誠齋詩集序文中所述的各段學習經歷，讓楊萬里從江西詩派轉向晚唐學習的改變過程有跡可循。

楊萬里告別江西詩派，轉益多師之後，面臨了創作的困境。直到戊戌三朝，忽若有寤，從此辭謝諸公皆不學，改以游賞寫生的方式來創作，感覺「萬象畢來，獻予詩材」，「渙然未覺作詩之難」。楊萬里以「寤」將自己的創作歷程切分為兩階段，一方面有意揮別過去，另一方面也表明自己在創作上的「提昇」。事實上，從黃庭堅開始，江西詩派就主張學詩要廣泛閱讀前人作品，從中吸取經驗，累積學養。然而這只是創作前的修養功夫，學習創作的最終目的，是要能出入詩法，「不煩繩削而自合」。不過，要如何從步步為營的詩法學習當中，晉升到「有定法而無定法，無定法而有定法」的創作境界？江西詩人幾乎都是以「悟」來指示。因此，本文提出的第二項貢獻，就是從江西詩派內部對詩法的反省，理出從陳師道到楊萬里之間江西詩派的發展軌跡，指出楊萬里轉益多師，正是江西詩派所主張的遍參、飽參，而他「忽若有寤」，也符合陳師道「時至骨自換」的看法。

誠齋《荊溪集》與過去的不同，表現在數量的增加、題材的選擇與創作方式的改變。本文援引莫礪鋒先生的統計資料，說明《荊溪集》

確實創造了楊萬里創作的第一次高峰，證明這次的改變除去了楊萬里的創作之難。進一步歸納《荊溪集》的創作題材，我們可以發現他對相同的物象進行一再的描寫，如攝影快鏡，捕捉著物的動態。本文從物與物的空間安排，人與物的主客關係，物象擬人化的樣態表現，推敲出楊萬里《荊溪集》寫物的方式，可能與其理學背景有關。而本文研究的第三項獲得，就是將楊萬里的思想與《荊溪集》創作結合，對照邵雍等理學家的詩論與詩作，論述楊萬里由道悟詩，由詩體道的成就。

二、延伸與展望

　　本文以「寫物」而非「詠物」來討論《荊溪集》詩，實際上是預設著楊萬里《荊溪集》寫物詩是純粹描摹物象，不蘊含個人的榮辱觀感與悲喜之情。也就是說，《荊溪集》寫物詩不是楊萬里託物言志、藉物抒情的創作。但《荊溪集》寫物詩是不是就完全沒有託物抒情的傳統表現呢？也不盡然。誠齋〈食老菱有感〉，就是以湖中菱角來隱喻自己宦海浮沉的生涯，然而這樣的詩在《荊溪集》裡並不多見。當楊萬里心有所感，或有悲傷情緒需要抒發時，他也會賦詩，將感情直接宣洩出來。像是〈書莫讀〉，楊萬里以勸世歌的方式規勸人不要抱書死讀、書空咄咄；〈聞一二故人相繼而逝，感歎書懷〉則記錄誠齋聽聞故友平步青雲，又驟然辭世的消息，心有所感，因而與妻子討論生死福禍的對話。似乎在《荊溪集》的創作當時，楊萬里便刻意將寫物詩與抒情詩處理成兩種不同的形式，寫物詩盡可能專注描摹物象，不涉及個人際遇。

　　楊萬里曾提出「詩者，矯天下之具也」的詩學觀念，也一再讚揚晚唐詩之「工」，如果《荊溪集》只是單純的寫物詩，是不是意味著楊萬里的詩論與他的創作有著巨大的落差？而我們又如何證明《荊溪集》的寫物詩只是純粹寫物，沒有三百篇的美刺精神於其中？

　　上述質疑，本文提出兩點看法：第一，楊萬里把詩視為矯天下之

具的說法來自傳統詩教觀念，是他學習江西詩派與晚唐詩的心得。而
《荊溪集》則是楊萬里從創作困境中醒悟，辭謝前學，自出機杼的開
端。從《荊溪集》寫物詩的內容來看，它們確實不是《誠齋詩話》、〈詩
論〉等詩學主張的實踐，但如果我們把他的論詩文獻看作是創作前的
學習與準備，把《荊溪集》寫物詩視爲楊萬里揉合過去所學，從中感
悟，胸襟透脫後的作品，應該也能接納這樣的斷裂存在。事實上，這
種理論主張與作品表現不能等量齊觀的狀況，正是江西詩派轉型期的
一項特徵，確實值得深入研究，本文以楊萬里《荊溪集》寫物詩作爲
例證，寄盼未來在此基礎上加以討論，解釋楊萬里以至於其他江西詩
人在理論建樹與創作實踐上的差異現象。

　　第二，楊萬里寫作《荊溪集》詩時，官居毗陵郡守，在宋代官職
上並不是位居廟堂的高級官員。雖然他曾與張浚、胡銓等主戰人士有
所往來，但這些交遊到了毗陵之後似乎減少了，在《荊溪集》裡，次
韻詩與和詩並不多見。再者，《荊溪集》裡雖然有〈讀嚴子陵〉等以
古論今的詩，但它們大多不用寫物方式來表現。第三，從《荊溪集》
寫物詩的創作量與幾乎天天創作頻率上來看，如果楊萬里要詩詩託物
言志，或者以物喻事，似乎與理不合；而更重要的是，《荊溪集》寫
物詩所展現的氛圍與情趣是活潑樂觀，充滿生機，實在很難以此聯想
誠齋所要諷諭的對象爲何。

　　因此，我們幾乎可以肯定楊萬里的《荊溪集》寫物詩在中國詩史
中的獨特成就，他開創了抒情言志之外的路徑，沒有暗諷，純粹專注
寫物。在第一章緒論裡，我們曾經討論了「寫物」與「詠物」的不同
意涵，試圖以此區隔出《荊溪集》寫物詩與傳統「詠物詩」在內容與
表現上的差異。這是一個大膽的嘗試，然而受限於個人所知之限，在
本篇論文中無法細說從頭，將「詠物」與「寫物」的問題詳盡討論，
實屬可惜。但又無法忽視楊萬里《荊溪集》寫物詩在中國詩史中的特
殊性，因而在此提出，聊備後來研究參考。

　　雖然《荊溪集》可視爲楊萬里「誠齋體」的發端，我們也能從中

發覺楊萬里創作的特色逐漸形成,然而楊萬里現存詩四千二百餘首詩,《荊溪集》僅占十分之一,以此概觀誠齋詩難免掛一漏萬。再者,本文討論《荊溪集》的角度並非全然新創,但實為當今學界少有討論的項目,因此在資料的蒐集與引證上也不免缺漏與不足。以上所提,都是本文不得不承認的缺憾。野人獻曝,以管窺天。企盼拋磚引玉,讓楊萬里詩能在中國文學研究的領域中更上層樓。

參考書目

說明：古籍部分按照作者時代先後排列。學位論文則依發表時間先後
　　　順序排列。今人論著與單篇論文按照作者姓氏筆劃順序，再依
　　　出版日期先後排列。

壹、楊萬里部分

一、楊萬里著作、選集

1. 楊萬里，《誠齋詩集》42 卷。上海：中華書局，1936 年聚珍仿宋版
　　排印本。

2. 楊萬里撰，〔宋〕楊長孺編，《誠齋集》133 卷。台北：商務印書館，
　　1983 年景印文淵閣四庫全書。

3. 楊萬里撰，辛更儒箋校，《楊萬里集箋校》10 冊。北京：中華書局，
　　2007 年。

4. 楊萬里，《誠齋易傳》。台北：藝文印書館，1966 年景印武英殿聚珍
　　版。

5. 楊萬里，《誠齋易傳》。北京：九州出版社，2008 年。

6. 楊萬里撰，周汝昌選注，《楊萬里選集》。香港：中華書局香港分局，
　　1972 年。

7. 章楚藩主編，《楊萬里詩歌賞析集》。四川：巴蜀書社，1994 年。

8. 楊萬里撰，劉斯翰選注，《楊萬里詩選》。台北：遠流出版公司，2000
　　年。

二、年　譜

1. 于北山著，于蘊生整理，《楊萬里年譜》。上海：上海古籍出版社，
   2006 年。
2. 蕭東海，《楊萬里年譜》。上海：上海三聯書店，2007 年。

三、資料彙編

1. 傅璇琮編，《古典文學研究資料彙編‧楊萬里范成大卷》。北京：中
   華書局，1964 年。

四、今人論著、學位論文

1. 胡明珽，《楊萬里詩評述》。台北：學海出版社，1976 年。
2. 周啓成，《楊萬里和誠齋體》。上海：上海古籍出版社，1980 年。
3. 張瑞君，《楊萬里評傳》。南京：南京大學出版社，2002 年。
4. 歐純純，《陸游與楊萬里詠梅詩較析》。台南：漢風出版社，2006 年。

博士論文

1. 陳義成，《楊萬里生平及其詩之研究》。台北：中國文化學院中國文
   學研究所博士論文，1982 年。
2. 彭庭松，《楊萬里與南宋詩壇》。杭州：浙江大學博士論文，2005
   年。
3. 郭艷華，《楊萬里文學思想研究》。北京：首都師範大學博士論文，
   2006 年。
4. 朱連華，《楊萬里詩風演變研究》。蘭州：西北師範大學博士論文，
   2008 年。

碩士論文

1. 林珍瑩，《楊萬里山水詩研究》。高雄：高雄師範大學國文研究所碩
   士論文，1991 年。
2. 李成文，《試論誠齋詩的主體意識》。湖南：湘潭大學碩士論文，2001
   年。
3. 汪美月，《楊萬里山水詩研究》。高雄：高雄師範學院國文研究所碩
   士論文，2001 年。
4. 李健莉，《誠齋詩及詩論研究》。上海：華東師範大學碩士論文，2002
   年。
5. 侯美霞，《楊萬里文學理論研究——以詩爲主》。台北：台北市立師

範學院應用語言文學研究所碩士論文，2002 年。

6. 歐陽炯，《楊萬里及其詩學》。台北：東吳大學中國文學研究所碩士論文，2004 年。

7. 鄭全蕾，《楊萬里山水景物詩新變》。安徽：安徽大學碩士論文，2004 年。

8. 胡建升，《楊萬里園林詩歌研究》。江西：南昌大學碩士論文，2005 年。

9. 龍珍華，《楊萬里詩歌及其詩論研究》。武漢：華中師範大學碩士論文，2006 年。

10. 楊雪冬，《《誠齋詩話》研究》。長春：東北師範大學碩士論文，2008 年。

五、單篇論文

1. 于北山，〈試論楊萬里詩作的源流和影響〉，《南京師大學報》社會科學版 1979 年第 3 期，頁 68～73。

2. 于東新、曾米魯，〈楊萬里詩：「誠齋體」的誠齋氣象〉，《內蒙古農業大學學報》社會科學版 2006 年第 4 期，頁 297～301。

3. 王守國，〈誠齋詩源流論略〉，《中州學刊》，1988 年第 4 期，頁 90～93。

4. 王守國，〈吟詠滋味流於字句——誠齋詩味論探微〉，《殷都學刊》，1993 年第 1 期，頁 45～48。

5. 王守國，〈誠齋新變詩論求解〉，《雲夢學刊》，1993 年第 2 期，頁 59～61、45。

6. 王星琦，〈「誠齋體」與「活法」詩論〉，《南京師範大學文學院學報》，2002 年第 3 期，頁 96～103。

7. 王琦珍：〈論楊萬里的審美觀〉，《江西師範大學學報》哲學社會科學版，1989 年第 3 期，頁 33～38。

8. 王琦珍，〈楊萬里與江西詩派關係摭議〉，《九江師專學報》，1989 年第 4 期，頁 1～6。

9. 王琦珍，〈論楊萬里詩風轉變的契機〉，《江西社會科學》，1989 年第 4 期，頁 88～93。

10. 王琦珍，〈論禪學對誠齋詩歌藝術的影響〉，《遼寧大學學報》哲學社會科學版，1992 年第 5 期，頁 3～7。

11. 石明慶，〈楊萬里誠齋詩論的理學意蘊〉，《廊坊師範學院學報》，2005 年第 1 期，頁 37～42。

12. 任亞娜，〈寫詩須透脱 信手自孤高——楊萬里詩歌創作探析〉，《滄桑》，2009 年第 3 期，頁 220、234。

13. 呂肖奐，〈論「誠齋體」及宋調轉型的特徵〉，《鄭州牧業工程高等專科學校學報》，2002 年第 4 期，頁 313～314、316。

14. 宋皓琨，〈論理學與誠齋體形成的關係〉，《學習與探索》，2006 年第 5 期，頁 138～140。

15. 宋皓琨，〈理學對誠齋體的負面影響〉，《棗莊學院學報》，2006 年第 6 期，頁 66～67。

16. 宋皓琨，〈對誠齋體中「童心」的理學審視〉，《求是學刊》，2007 年第 2 期，頁 109～112。

17. 宋道基，〈只是征行自有詩——讀楊萬里的紀行寫景詩〉，《柳州師專學報》，1994 年第 2 期，頁 50～54。

18. 李文鐘，〈映日荷花別樣紅——楊萬里活法與釋道美學思想之關係〉，《昆明師範高等專科學校學報》，1994 年第 4 期，頁 24～26。

19. 李成文，〈試論誠齋詩主體意識的內涵〉，《棗莊師範專科學校學報》，2001 年第 6 期，頁 30～32。

20. 李利霞，〈禪宗影響下的楊萬里詩論〉，《文史博覽》，2008 年 11 月，頁 13～14。

21. 李軍，〈誠齋詩活法探析〉，《呼蘭師專學報》，1995 年第 1 期，頁 45～49。

22. 李勝、張勤，〈試論「誠齋體」的創立要素〉，《重慶教育學院學報》，2002 年第 1 期，頁 35～37。

23. 李麗，〈楊萬里詩的透脱性表現〉，《河北職業技術學院學報》，2005 年第 4 期，頁 53～54。

24. 沈松勤，〈楊萬里「誠齋體」新解〉，《文學遺產》，2006 年第 3 期，頁 73～83、159。

25. 肖瑞峰、彭庭松，〈百年來楊萬里研究述評〉，《文學評論》，2006 年第 4 期，頁 195～202。

26. 卓松章，〈誠齋體詩歌哲學淵源探析〉，《福建論壇》人文社會科學版，1996 年第 6 期，頁 76～77。

27. 周建軍，〈論「誠齋體」對南宋詩風的轉關作用〉，《廣西社會科學》，2003 年第 3 期，頁 134～136。

28. 祁民建、左懷選，〈誠齋體的活法〉，《開封大學學報》，1997 年第 1 期，頁 122～123。

29. 邱美瓊，〈楊萬里詩歌接受史及其詩法意義〉，《貴州文史叢刊》，2004

年第 1 期，頁 28～32。

30. 胡冰冰，〈淺談誠齋體活法特色〉，《遠程教育雜志》，2001 年 4 期，頁 35～37。

31. 胡建升、文師華，〈滿袖天香山水中——論楊萬里的游園、造園活動和園林審美意識〉，《九江師專學報》，2004 年第 3 期，頁 46～49。

32. 胡建升、文師華，〈園林妙境 物我圓融——論楊萬里詠園詩中的園林審美追求〉，《南昌大學學報》人文社會科學版，2004 年第 5 期，頁 94～98。

33. 胡建升、文師華，〈論楊萬里詠園詩的禪學意趣〉，《南昌大學學報》人文社會科學版，2006 年第 1 期，頁 104～108。

34. 胡建升，〈楊萬里「透脫」考〉，《北京化工大學學報》社會科學版，2007 年第 2 期，頁 31～35。

35. 孫明材，〈誠齋體審美特徵論〉，《邊疆經濟與文化》，2009 年第 5 期，頁 87～88。

36. 孫紅梅，〈試論誠齋山水詩對袁枚之影響〉，《現代語文》文學研究版，2007 年 8 月，頁 41～42。

37. 崔霞、趙敏，〈論楊萬里對晚唐詩的接受〉，《天中學刊》，2004 年第 1 期，頁 83～86。

38. 張玉璞，〈楊萬里與南宋「晚唐詩風」的復興〉，《文史哲》，1998 年第 2 期，頁 92～97。

39. 張勇，〈論楊萬里對江西派的態度〉，《現代語文》文學研究版，2007 年第 5 期，頁 11～12。

40. 張瑞君，〈劉克莊與陸游楊萬里詩歌的繼承關係〉，《河北大學學報》哲學社會科學版，1995 年第 4 期，頁 51～56。

41. 張福勛，〈誠齋詩的活法藝術〉，《陰山學刊》社會科學版，1995 年第 1 期，頁 30～37。

42. 張福勛，〈避熟就生與化生為熟〉，《文史知識》，2000 年第 8 期，頁 84～86。

43. 莫礪鋒，〈論楊萬里詩風的轉變過程〉，《求索》，2001 年第 4 期，頁 105～110。

44. 郭艷華，〈格物致知對誠齋體詩學品格的影響探析〉，《西北第二民族學院學報》哲學社會科學版，2005 年第 3 期，頁 74～78。

45. 郭艷華，〈格物致知和誠齋體——理學、禪學對楊萬里文學思想的影響〉，《寧夏大學學報》人文社會科學版，2006 年第 1 期，頁 55～58。

46. 郭艷華，〈楊萬里焚棄千首「江西體」詩的原因新探〉，《井岡山學院

學報》，2007 年第 3 期，頁 8～12。

47. 郭艷華，〈論楊萬里對江西詩派內部「變調」理論的融通與超越〉，《井岡山學院學報》，2008 年第 5 期，頁 19～22。

48. 郭艷華，〈論楊萬里在中國文學思想史上的地位〉，《寧夏師範學院學報》，2008 年第 5 期，頁 14～18。

49. 傅毓民，〈楊萬里詩口語詞考釋〉，《湖北社會科學》，2004 年第 12 期，頁 122～124。

50. 馮瑜，〈楊萬里詩歌中的山意象〉，《宿州教育學院學報》，2008 年第 1 期，頁 85～86、89。

51. 黃之棟，〈論「誠齋體」形成的詩學淵源〉，《陰山學刊》，2003 年第 4 期，頁 50～54。

52. 黃寶華，〈楊萬里與「誠齋體」——楊萬里詩學述評〉，《上海師範大學學報》哲學社會科學版，2002 年第 4 期，頁 76～83。

53. 黃寶華，〈從「透脫」看誠齋詩學的理學義蘊〉，《文學遺產》，2008 年第 4 期，頁 70～77。

54. 楊英，〈論「誠齋體」產生的文學原由〉，《延安教育學院學報》，2003 年第 4 期，頁 41～43、75。

55. 楊理論，〈「誠齋體」的形成與杜詩的內在關聯〉，《社會科學家》，2006 年第 3 期，頁 22～24、35。

56. 楊慧慧，〈從李白到蘇軾、楊萬里——另種視角看「宋人生唐後，開闢真難為」〉，《樂山師範學院學報》，2009 年第 1 期，頁 43～46。

57. 葉幫義，〈20 世紀對陸游和楊萬里詩歌研究綜述〉，《南京師範大學文學院學報》，2004 年第 3 期，頁 130～139。

58. 董尚祥，〈從楊萬里詩看山水詩的擬人手法〉，《詩詞月刊》，2009 年第 2 期，頁 86～87。

59. 熊志庭，〈楊萬里的創作經歷與詩論〉，《湖南社會科學》，2004 年第 6 期，頁 139～142。

60. 劉天利，〈新創文機獨有今——談「誠齋體」的獨創性〉，《寧夏師範學院學報》，2009 年第 2 期，頁 23～27。

61. 劉伙根、彭月萍，〈楊萬里透脫說淺論〉，《井岡山師範學院學報》，2002 年第 4 期，頁 27～31。

62. 劉雪燕，〈誠齋體產生的思想淵源〉，《濱州學院學報》，2007 年第 2 期，頁 13～18。

63. 劉曉林，〈學詩須透脫 信手自孤高——楊萬里詩歌創作美學原則〉，《湖南文理學院學報》社會科學版，2006 年第 4 期，頁 63～65。

64. 蔣安君，〈誠齋體自然山水詩的創新意義〉，《棗莊學院學報》，2004年第6期，頁18～19。

65. 鄭全蕾，〈從「師法自然」看「誠齋體」的童心童趣〉，《岳陽職業技術學院學報》，2003年第3期，頁51～53。

66. 鄧程，〈試論楊萬里的創新意識〉，《華北電力大學學報》社會科學版，2009年第3期，頁99～103。

67. 龍震球，〈楊萬里七絕的師承淵源和表現手法初探〉，《零陵師範高等專科學校學報》，1994年第3期，頁102～112。

68. 龍震球，〈楊萬里七絕的師承淵源和表現手法初探（二）〉，《零陵師範高等專科學校學報》，1994年第4期，頁69～77。

69. 龍震球，〈楊萬里七絕的師承淵源和表現手法初探（三）〉，《零陵師範高等專科學校學報》，1995年第1期，頁83～93。

70. 戴武軍，〈詩意的創造與創造的詩意——讀《誠齋詩研究》〉，《井岡山師範學院學報》，1994年第4期，頁36～38。

71. 韓梅，〈論「誠齋體」的陌生化〉，《現代語文》文學研究版，2006年第4期，頁8～10。

72. 韓梅，〈論「誠齋體」山水詩的世俗化傾向〉，《中國海洋大學學報》社會科學版，2007年第1期，頁74～77。

73. 韓梅、趙玉紅，〈論「誠齋體」表現視角的創新〉，《時代文學》理論學術版，2007年第2期，頁77～78。

74. 韓梅、李芳琴，〈別眼看天公：理學觀照方式對「誠齋體」詩的影響〉，《勝利油田職工大學學報》，2007年第6期，頁21～23。

75. 韓經太，〈楊萬里出入理學的文學思想〉，《社會科學戰線》，1996年第2期，頁217～223。

76. 韓曉光，〈因錯出奇 無理而妙——楊萬里詩歌中的錯覺描寫淺析〉，《井岡山師範學院學報》，2001年第2期，頁11～15。

77. 韓曉光，〈楊萬里詩歌「活法」與「句法」關係淺探〉，《中國文學研究》，2006年第2期，頁55～58。

78. 韓曉光，〈楊萬里詩歌「寫生」藝術手法探析〉，《景德鎮高專學報》，2008年第1期，頁45～46、44。

貳、其他重要參考書目

一、經、史、子

1. 〔魏〕王弼注，〔唐〕孔穎達疏，《周易注疏》，台北：台灣學生書局，

1984 年。

2. 〔宋〕朱熹,《四書章句集注》,台北:大安出版社,1986 年。

3. 〔元〕脫脫等撰,《宋史》,台北:鼎文書局,1980 年。

4. 〔明〕柯維騏,《宋史新編》,台北:新文學出版社,1974 年。

5. 〔明〕陳邦瞻撰,〔明〕馮琦原編,〔明〕張溥論正,《宋史紀事本末》,台北:三民書局,1973 年。

6. 〔明〕黃宗羲撰,〔清〕全祖望補,《宋元學案》,台北:世界書局,1991 年。

7. 〔清〕郭慶藩集釋,《莊子集釋》,台北:世界書局,1989 年。

8. 周振甫譯注,《周易譯注》,北京:中華書局,1991 年。

9. 陳鼓應注譯,《莊子今注今譯》,北京:中華書局,1983 年。

10. 楊祖漢編撰,《宋元學案:民族文化大醒覺》,台北:時報文化,1983 年。

二、詩文總集、別集、選集

1. 〔漢〕鄭玄箋,〔唐〕孔穎達疏,《毛詩正義》,台北:台灣中華書局,1978 年。

2. 〔晉〕陸機撰,金濤聲點校,《陸機集》,北京:中華書局,1982 年。

3. 〔南朝宋〕謝靈運撰,黃節註,《謝康樂詩註》,台北:藝文印書館,1987 年。

4. 〔南朝梁〕蕭統編,〔唐〕李善注,《文選》,台北:五南,1991 年。

5. 〔北周〕庾信撰,〔清〕倪璠注,許逸民點校,《庾子山集注》,北京:中華書局,2006 年。

6. 〔唐〕李白撰,〔清〕王琦輯註,《李太白全集》,北京:中華書局,1977 年。

7. 〔唐〕杜甫著,〔清〕楊倫箋注,《杜詩鏡銓》,台北:里仁書局,1981 年。

8. 〔唐〕白居易撰,〔清〕汪立名編,《白香山詩集》,台北:世界書局,1963 年。

9. 〔唐〕賈島撰,李建崑校注,《賈島詩集校注》,台北:里仁書局,2002 年。

10. 〔唐〕李商隱撰,劉學鍇、余恕誠集解,《李商隱詩歌集解》,台北:洪葉文化事業有限公司,1992 年。

11. 〔宋〕邵雍,《伊川擊壤集》,北京:中華書局,2010 年。

12. 〔宋〕邵雍,《皇極經世書》,台北:中華書局,1965 年。

13. 〔宋〕王安石撰,楊家駱主編,《王臨川全集》,台北:世界書局,1977 年。

14. 〔宋〕蘇軾撰,〔宋〕王十朋註,《東坡詩集註》,台北:商務印書館,1983 年景印文淵閣四庫全書。

15. 〔宋〕蘇軾撰:《東坡全集》,台北:商務印書館,1983 年景印文淵閣四庫全書。

16. 〔宋〕黃庭堅撰,〔宋〕任淵、史容、史季溫注,黃寶華點校《山谷詩集注》,上海:上海古籍出版社,2003 年。

17. 〔宋〕黃庭堅撰,《山谷集》,台北:商務印書館,1983 年景印文淵閣四庫全書。

18. 〔宋〕陳師道撰,任淵、冒廣生箋注,《後山詩集補箋》,台北:學海出版社,出版年不詳。

19. 〔宋〕陳與義,《陳與義集》,台北:頂淵文化,2004 年。

20. 〔宋〕范成大撰,《石湖居士詩集》,台北:藝文印書館,1975 年景印上海商務印書館縮印宋刊本。

21. 〔宋〕陸游撰,錢仲聯校注,《劍南詩稿校注》,上海:上海古籍出版社,1985 年。

22. 〔宋〕姜夔,《白石道人詩集》,台北:藝文印書館,1966。

23. 〔宋〕劉克莊,《後村先生大全集》,台北:藝文印書館,1975 年《四部叢刊》據上海商務印書館縮印宋刊本影印。

24. 〔宋〕魏慶之,《詩人玉屑》,台北:世界書局,1966。

25. 〔元〕方回,《桐江集》,台北:藝文印書館,1971。

26. 〔元〕方回選評,〔清〕紀昀批點,《紀批瀛奎律髓》,台北:佩文書局,1960。

27. 〔明〕瞿佑,《詠物詩》,台北:藝文印書館,1971 年。

28. 〔清〕張玉書、汪霦等奉敕編,《御定佩文齋詠物詩選》,台北:商務印書館,1983 年景印文淵閣四庫全書。

29. 〔清〕俞琰輯,易緝雲、孫奮揚註,《歷代詠物詩選》,台北:廣文書局,1968 年。

30. 〔清〕陳衍編,《宋詩精華錄》,上海:上海古籍出版社,2008 年。

31. 〔清〕聖祖輯,上海古籍出版社編,《全唐詩》,上海:上海古籍出版,1986 年。

32. 北京大學古文獻研究所編,《全宋詩》,北京:北京大學出版社,1998

年。

33. 余冠英選注,《漢魏六朝詩選》,北京:人民文學出版社,2000 年。

34. 馬里千選注,《李白詩選》,台北:遠流出版公司,2000 年。

35. 梁鑒江選注,《杜甫詩選》,台北:遠流出版公司,1988 年。

36. 逯欽立輯校,《先秦魏晉南北朝詩》,北京:中華書局,1998 年。

37. 陳永正選注,《李商隱詩選》,台北:遠流出版公司,2005 年。

38. 陳永正選注,《黃庭堅詩選》,台北:遠流出版公司,2000 年二版。

39. 陸堅注評,《中國詠物詩選》,鄭州:中州古籍出版社,1990 年。

40. 錢鍾書選注,《宋詩選注》,北京:三聯書店,2002 年。

41. 戴君仁編,《詩選》,台北:文化大學出版社,1981 年。

三、詩話、筆記、雜著

1. 〔南朝宋〕劉義慶撰,〔梁〕劉孝標注,《世說新語》,台北:世界書局,1987 年。

2. 〔梁〕劉勰撰,台灣開明書店編注,《文心雕龍注》,台北:台灣開明書店,1958 年。

3. 〔宋〕胡仔輯,廖德明點校,《苕溪漁隱叢話》,北京:人民文學出版社,1984 年。

4. 〔宋〕嚴羽著,郭紹虞校釋,《滄浪詩話校釋》,北京:人民文學,1998 年。

5. 〔宋〕魏慶之,《詩人玉屑》,台北:世界書局,2005 年。

6. 〔宋〕阮閱編,周本淳點校,《詩話總龜》,北京:人民文學出版社,2006 年。

7. 〔宋〕羅大經撰,王瑞來點校,《鶴林玉露》,北京:中華書局,1983 年。

8. 〔宋〕洪邁著,沙文點校,《容齋隨筆》,南京:鳳凰出版社,2009 年。

9. 〔宋〕劉克莊撰,王秀梅點校,《後村詩話》,北京:中華書局,1983 年。

10. 〔明〕胡應麟《詩藪》,台北:廣文書局,1973 年據國立中央圖日館藏明崇禎五年延陵吳國琦等重刊《少室山房全集》本影印。

11. 〔清〕袁枚著,顧學頡點校,《隨園詩話》,北京:人民文學出版社,1982 年。

12. 〔清〕陳衍,《石遺室詩話》,北京:人民文學出版社,2004 年。

13. 〔清〕翁方綱,《石洲詩話》,台北:廣文書局,1971 年。

14. 〔清〕何文煥輯,《歷代詩話》,北京:中華書局,1981 年。

15. 〔清〕丁福保輯,《歷代詩話續編》,北京:中華書局,1983 年。

16. 〔清〕王國維著,開明編輯部校注,《校注人間詞話》,台北:台灣開明書店,1989 年。

17. 吳文治主編,《宋詩話全編》,南京:江蘇古籍出版社,1998 年。

四、資料彙編

1. 張健編,《南宋文學批評資料彙編》,台北:成文出版社,1978 年。

2. 傅璇琮編,《黃庭堅和江西詩派資料彙編》,北京:中華書局,1978 年。

五、文學專著

1. 方瑜,《杜甫夔州詩析論》,台北:幼獅文化事業公司,1985 年。

2. 王水照,《唐宋文學論集》,濟南:齊魯書社,1984 年。

3. 王水照主編,《宋代文學通論》,高雄:高雄復文圖書出版社,2000 年。

4. 王琦珍,《黃庭堅與江西詩派》,南昌:江西高校出版社,2006 年。

5. 王運熙、顧易生主編,《宋金元文學批評史》,上海:上海古籍出版社 1996 年。

6. 王國瓔,《中國山水詩研究》,台北:聯經出版事業公司,1996 年。

7. 吳明賢、李天道編著,《唐人的詩歌理論》,成都:巴蜀書社,2006 年。

8. 吳晟,《黃庭堅詩歌創作論》,南昌:江西人民出版社,1998 年。

9. 吳淑鈿,《近代宋詩派詩論研究》,台北:文津出版社,1996 年。

10. 杜松柏,《禪與唐宋詩學》,台北:黎明文化事業股份有限公司,1978 年。

11. 周振甫、冀勤,《《談藝錄》導讀》,台北:洪葉文化事業有限公司,1995 年。

12. 周裕鍇,《宋代詩學通論》,成都:巴蜀書社,1997 年。

13. 林文月,《山水與古典》,台北:三民書局,1996 年。

14. 林淑貞,《中國詠物詩「託物言志」析論》,台北:萬卷樓圖書有限公司,2002 年。

15. 柯慶明,《中國文學的美感》,台北:麥田出版公司,2000 年。

16. 高友工,《中國美典與文學研究論集》,台北:台大出版中心,2004

年。

17. 張文利，《理禪融會與宋詩研究》，北京：中國社會科學出版社，2004年。

18. 張思齊，《宋代詩學》，長沙：湖南人民出版社，2000年。

19. 張高評，《宋詩之新變與代雄》，台北：洪葉文化事業有限公司，1995年。

20. 張高評，《宋詩之傳承與開拓》，台北：文史哲出版社，1990年。

21. 張高評主編，《宋代文學研究叢刊》，高雄：麗文文化公司，1995年。

22. 張高評編著，《宋詩綜論叢編》，高雄：麗文文化公司，1993年。

23. 張健，《文學批評論集》，台北：台灣學生書局，1985年。

24. 張健，《滄浪詩話研究》，台北：五南圖書出版公司，1986年。

25. 張毅，《宋代文學思想史》，北京：中華書局，1995年4月。

26. 張毅主編，《宋代文學研究》，北京：北京出版社，2001年。

27. 許總，《唐宋詩體派論》，南昌：江西人民出版社，2008年。

28. 章培恒、駱玉明主編，《中國文學史》，上海：復旦大學出版社，2000年。

29. 梁昆，《宋詩派別論》，台北：東昇出版事業公司，1980年。

30. 黃奕珍，《宋代詩學中的晚唐觀》，台北：文津出版社，1998年。

31. 黃美鈴，《歐、梅、蘇與宋詩的形成》，台北：文津出版社，1998年。

32. 黃景進，《嚴羽及其詩論之研究》，台北：文史哲出版社，1986年。

33. 程千帆、吳新雷，《兩宋文學史》，高雄：麗文文化公司，1993年。

34. 程杰，《宋詩學導論》，天津：天津人民出版社，1999年。

35. 莫礪鋒，《江西詩派研究》，濟南：齊魯書社，1986年。

36. 游國恩編，《中國文學史》，北京：人民文學出版社，2004年二版。

37. 趙仁珪，《宋詩縱橫》，北京：中華書局出版，1994年6月。

38. 趙紅菊，《南朝詠物詩研究》，上海：上海古籍出版社，2009年。

39. 趙敏，《宋代晚唐體詩歌研究》，成都：巴蜀書社，2008年。

40. 趙齊平，《宋詩臆說》，北京：北京大學出版社，1996年。

41. 葉嘉瑩，《迦陵談詩二集》，台北：東大圖書公司，1985年。

42. 葉慶炳，《中國文學史》，台北：台灣學生書局，1986年。

43. 劉大杰，《中國文學發展史》，台北：華正書局，1997年。

44. 劉乃昌，《兩宋文化與詩詞發展論略》，濟南：山東大學出版社，2005

年。

45. 郭紹虞，《宋詩話考》，台北：學海出版社，1980 年。

46. 郭紹虞，《宋詩話輯佚》，台北：華正書局，1981 年。

47. 錢鍾書，《談藝錄》增訂本，台北：書林出版有限公司，1988 年。

48. 陳來，《宋明理學》，上海：華東師範大學出版社，2003 年。

49. 蔡英俊主編，《抒情的境界》，台北：聯經出版事業公司，1982 年。

50. 蔡英俊主編，《意象的流變》，台北：聯經出版事業公司，1982 年。

51. 蔡英俊，《比興物色與情景交融》，台北：大安出版社，1995 年。

52. 蔡英俊，《中國古典詩論中「語言」與「意義」的論題──「意在言外」的用言方式與「含蓄」的美典》，台北：台灣學生書局，2001 年。

53. 蔡振念，《杜詩唐宋接受史》，台北：五南圖書出版公司，2001 年。

54. 鍾優民，《中國詩歌史：魏晉南北朝》，高雄：麗文文化公司，1994 年。

55. 戴文和，《「唐詩」、「宋詩」之爭研究》，台北：文史哲出版社，1997 年。

56. 蕭翠霞，《南宋四大家詠花詩研究》，台北：文津出版社，1994 年。

57. 韓經太，《宋代詩歌史論》，長春：吉林教育出版社，1995 年。

58. 韓經太，《詩學美論與詩詞美境》，北京：北京語言文化大學出版社，2000 年。

59. 龔鵬程，《江西詩社宗派研究》，台北：文史哲出版社，1983 年。

60. 龔鵬程，《詩史本色與妙悟》，台北：台灣學生書局，1986 年。

61. 〔日〕小川環樹著，譚汝謙、陳志誠、梁國豪譯，《論中國詩》，貴陽：貴州人民出版社，2009 年。

62. 〔日〕吉川幸次郎著，鄭清茂譯，《宋詩概說》，台北：聯經出版事業公司，1977 年。

63. 〔日〕吉川幸次郎著，章培恆等譯，《中國詩史》，上海：復旦大學出版社，2001 年。

64. 〔日〕淺見洋二著，金程宇、〔日〕岡田千穗譯，《距離與想像：中國詩學的唐宋轉型》，上海：上海古籍出版社，2005 年。

六、學位論文

1. 蔡瑜，《宋代唐詩學》，台北：國立台灣大學中國文學研究所博士論文，1990 年。

2. 李貞慧，《蘇軾「意」、「法」觀與其「古文」創作發展之研究》，台

北：國立台灣大學中國文學研究所博士論文，2002 年。

3. 尹鏑，《陳師道詩歌藝術研究》，成都：四川大學碩士論文，2003 年。

4. 陳秀鴻，《陳與義寫景文學研究》，新竹：國立清華大學中國文學系碩士論文，2008 年。

七、單篇論文

1. 孔妮妮，〈論理學影響下南宋詩壇的兩種美學傾向〉，《江西科技師範學院學報》，2006 年第 6 期，頁 55～59。

2. 王阜彤，〈淺談宋詩的演變及特色〉，《溫州師範學院學報》，1997 年第 4 期，頁 13～18。

3. 王琦珍，〈中興四大詩人比較論〉，《江西師範大學學報》哲學社會科學版，1990 年第 4 期，頁 18～24。

4. 王靜，〈理學與南宋中興詩的自然平淡〉，《華章》，2009 年第 4 期，頁 46、50。

5. 石明慶，〈從南宋詩話探討理學與宋詩學的理論建構〉，《鹽城師範學院學報》人文社會科學版，2005 年第 1 期，頁 40～47。

6. 任憲國，〈略論宋代「活法」理論的嬗變〉，《濟寧學院學報》，2008 年第 1 期，頁 36～39。

7. 李貞慧，〈蘇軾詩在北宋末年的流傳及其意義 ── 以東坡詩註及宋人詩話為中心的觀察〉，《清華中文學報》，2007 年第 1 期，頁 133～169。

8. 呂肖奐，〈從「法度」到「活法」── 江西詩派內部機制的自我調節〉，《復旦學報》社會科學版，1995 年第 6 期，頁 83～88、9。

9. 周裕鍇，〈以俗為雅：禪籍俗語言對宋詩的滲透與啟示〉，《四川大學學報》哲學社會科學版，2000 年第 3 期，頁 73～80。

10. 胡建次，〈宋代詩學中的活法論〉，《江西教育學院學報》，2004 年第 2 期，頁 73～76。

11. 張瑞君，〈王安石七言絕句的語言藝術〉，《忻州師範學院學報》，2003 年第 2 期，頁 9～12。

12. 張福勛，〈簡齋已開誠齋路 ── 陳與義寫景詩略論〉，《中國韻文學刊》，1994 年第 1 期，頁 32～35。

13. 許總，〈論理學與宋代詩學中的情理關係〉，《社會科學研究》，2000 年第 1 期，頁 132～137。

14. 許總，〈論理學文化觀念與宋代詩學〉，《學術月刊》，2000 年第 6 期，頁 8～14。

15. 許總，〈論南宋理學極盛與宋詩中興的關聯〉，《社會科學戰線》，2000年第 6 期，頁 99～107。

16. 賈玲、李曉婉，〈論山水詩主體觀物心態的轉變對抒情範式的影響〉，《天府新論》，2008 年第 3 期，頁 144～147。

17. 趙敏、崔霞，〈「晚唐」、「晚唐體」及宋人對唐詩的分期〉，《廣西社會科學》，2003 年第 9 期，頁 141～143。

18. 劉蔚，〈理學觀物方式與宋代田園詩的寫物藝術〉，《社會科學研究》，2005 年第 5 期，頁 181～186。

19. 鄧紅梅，〈陳與義詩風與江西詩派辨〉，《學術月刊》，1994 年第 8 期，頁 79～82。

20. 鄭永曉，〈南宋詩壇四大家與江西詩派之關係〉，《南都學壇》，2005年第 1 期，頁 77～82。

21. 蔡英俊，〈「擬古」與「用事」：試論六朝文學現象中「經驗」的借代與解釋〉，《文學、文化與世變》，第三屆國際漢學會議論文集文學組，台北：中央研究院中國文哲研究所，2002 年，頁 67～96。